文庫 JA
〈JA1136〉

ロケットガール 1

女子高生、リフトオフ！

野尻抱介

早川書房

7272

目次

女子高生、リフトオフ！

第一章　森田ゆかり37kg・きわめて健康

ACT・1

白砂とココ椰子《やし》の海岸に、ぽつりと浮かぶ銀の塔。

二キロ先の発射台は、双眼鏡の視野の中で夢か幻のように揺れていた。

ロケットの胴体から洩れる液体酸素の白い蒸気は、ほとんど真下にたなびいている。

「よーしよし。ほとんど無風だな」

那須田《なすだ》勲《いさお》は満足げに言った。

隣に立つ男が双眼鏡から目を離し、那須田のほうを向いた。

「おたくのロケットは、風があると爆発するんですかね、所長？」

男はOECF（海外経済協力基金）のインドネシア駐在員で、さきほど飛行機で到着したばかりだった。

「六度目の正直、いいかげん成功してもらいたいもんですがね」

「ふん。新しい技術をモノにするのに、失敗はつきものだ。ここは長い目で見守ってもらいたいもんだな」

OECF職員は首を振った。

「そろそろ市民団体が気づきはじめてますよ。税金の無駄使いもはなはだしい。そもそもこんなソロモン諸島くんだりの、ついこないだまで首狩りやってた連中に、ロケットが何の役に立つか――」

「教育のためさ。放送衛星を上げて七百の島々にあまねく近代教育をほどこす、てな立派なタテマエがあるだろうが」

「だったらなんで有人宇宙飛行なんです？　連中にBS衛星くれてやりたきゃ、種子島から上げりゃいいでしょうが」

「いまさら何を言うか」

「現にそういう突っ込みが来てるんですよ」

「勉強不足だと言ってやれ。衛星ってのはおっそろしく高価なんだ。香港のアジアサットだって、軌道上で故障したのをシャトルで回収して修理して打ち上げたぐらいだ。大事な衛星を末永く使うとなれば、人が行ってメンテナンスするしかあるまい」

「それならそれで、NASAかロシアに依頼すれば――」

「ロシアは半死半生、NASAのシャトルだって十年先まで予約済のうえ、現用機はいい加減ガタがきてもうじきドカンといく。その時にだ」

那須田は言った。

「わしらが有人宇宙飛行を実現していたとしたらどうだ！」

那須田は右手の中指をおっ立て、相手の鼻先に突きつけた。

「わしらの天下だ！　宇宙を制する者が世界を制するのだ！」

「……そりゃ、本音のほうでしょうが」

「おまえも役人だろ。ホンネとタテマエが使い分けられなくてどうする」

「那須田さん――」

インドネシア駐在員は急に改まった口調で言った。

「今日は経企庁からの通達を持ってきたんです。重大な内容です。いわば最後通牒《つうちょう》と思ってもらいたいんですが」

「……ほう？」

ACT・2

管制室につめかけたエンジニアたちの間では、恒例のトトカルチョが始まっていた。

「あたし、失敗に十ドルね」

白衣姿の医学主任、旭川《あさひかわ》さつきが言った。

「ひどいなあ、さつきさんは。期待ぐらいはしてくれなきゃ」

答えたのはチーフエンジニアの向井博幸《むかいひろゆき》。徹夜続きの赤い目でモニターを監視している。

「期待してるよ、向井君」

長身でオールバックの主席管制官、木下和也《きのしたかずや》がさつきの帽子にソロモン・ドル紙幣を投げ込む。

「このLS-7ブースターが成功しない限り有人飛行はおあずけだからね。あの視察の雰囲気からすると、今度しくじったら楽園追放かもしれない。——と言いつつ失敗に十ドル」

「楽園追放って、計画打ち切りのこと?」

「そそ」

「それもいいかもなー」

と、投げやりに言ったのは安川晴行《やすかわはるゆき》。

「浜松に帰れるならね。栄光の宇宙飛行士だなんておだてられて来たけど、肝心のロケットはテストのたびに爆発、そのくせさつきさんのいじめは毎日だもんなあ。いいかげん限界だよ」

「いじめじゃないわ、訓練よ」

「どうだか」

「あら、からむじゃない」

「その目――モルモットを見る目だな」

「まさか」

「さつきさん、見えてないと思ってるだろ？」

「何が？」

「こないださつきさん、遠心機で俺にいきなり二十Gかけたよね」

二十Gといえば体重は一・四トン――並の人間ならすぐに死ぬ荷重である。

「うん」

「あんとき俺、見たんだぜ。気絶する寸前に」

「だから何を？」

「さつきさんの笑顔」

一瞬の沈黙のあと、さつきはしれっとした顔で言った。

「ほー、さすが空自のパイロットは動体視力がちがうわ」

「そーゆー問題かっ！」

「今度は二十五Gいってみよ。うふ♡」

「あのなあっ！」

二年前この島に来るまで、安川は航空自衛隊浜松基地でCCV実験機のテストパイロットをしていた。それがある日突然、上官に呼び出され、宇宙飛行士にならないかと打診された。

なんでも、宇宙開発事業団・宇宙科学研究所に続く第三の宇宙機関が活動を開始しており、そこがいよいよ有人宇宙飛行に乗り出すという。

その名は「ソロモン宇宙協会」。表向きはイギリス連邦ソロモン諸島の事業だが、実は日本が百パーセント出資し、スタッフも日本人ばかりだという。

自衛隊員の海外派遣は問題があるので、一時除隊しての異動になる。リスクを承知でこのチャンスに賭けよう——と引き受けた安川だったが……。

「今度の打ち上げが失敗したら、僕は浜松に帰らせてもらいますから」

「え？」

「帰れるもんならね」

「そろそろ時間だな」

管制卓のスクリーンを見て、木下が言った。

マイクに向かって告げる。

「Tマイナス六百秒、総員射点より退避！」

ACT・3

ラウドスピーカーの声は、十キロ離れたジャングルの村にも届いた。

村は島の北西から南東に横たわるシリバ山地の中腹にあった。広場には数軒の小屋と、物見櫓《ものみやぐら》がある。

小屋はどれも丸太で骨格を組み、バナナの葉で屋根をふいたものだった。床は地上一メートルほどの高さにある、いわゆる高床式である。ジャングルの地面にはサソリや蛇や毒蟻が徘徊している。そんな場所でもタリホ族は裸足で平気だったが、安眠するにはやはり高い場所のほうがよかった。

酋長の家は床が壁の外につきだしていて、家を一周するバルコニーになっていた。バルコニーには籠や水瓶《みずがめ》が並び、椰子の実の繊維を編んだカーペットが敷かれていた。カーペットの上には酋長と、何十人もいる娘のひとり、マツリが座っていた。

マツリは耳がいいので、あたりに満ちた鳥や獣の鳴き声の下から、その声を聞き分けることができた。

「ティーマイナス・ロッピャクって言ったよ」

　マツリは酋長にそう告げた。

「あと十分ということだよ。そしたら大きな花火が上がる」

「ここから見える？」

「だろうね」

「わお」

　少女は顔を輝かせて立ち上がり、バルコニーから飛び降りた。

　マツリの腰蓑《こしみの》と胸飾りしかつけていない肌は小麦色で、世界一黒い肌をもつメラネシア人にくらべると、ずいぶん明るかった。胸まで届く髪もくせがなく、パンチパーマのメラネシア人とは異なっている。

　マツリは広場にある大きなトーキング・ドラムをトコトコ叩いて、仲間を呼び集めた。

「花火！　花火！　もうすぐ上がるよ！」

　広場のまわりの畑や森の中から、村人たちがぞろぞろ集まってきた。大人はほとんどがメラネシア系だが、子供たちの中にはマツリと同じような肌の色をした者もいる。誰も彼も腰蓑と、貝や獣の牙をあしらった装身具しか身につけていない。

「花火だ、花火だ、早くこい」

「日本人の花火だ」

「ひさしぶりの花火だ」

「こんどは高くあがるかな」

「こないだは煙だけだった」

「いい火の玉になるといいね」

村人たちは口々に言った。酋長は彼らに、あれは日本人が空に物を届けるやり方なのだ、と教えていた。見えなくなるまで飛ぶこともあったが、その前に火の玉になることが多い。それは格別の見もので、村人たちの一番の楽しみになっていた。

大人たちは広場で、子供たちは物見櫓に鈴なりになって、花火を待った。

待つことしばし。

なんの前触れもなく、森の向こうから真っ白な煙の柱が立ち昇った。煙の先端にはオレンジ色の火柱と、小さな銀の筒があった。

それから雷鳴のような爆音がやってきて、鳥たちをいっせいに飛び立たせた。銀色の筒はめざましい勢いで空をつき進み、音源も四十五秒遅れであとを追った。

「ゴー！　ゴー！　ゴー！」

村人たちはたちまち熱狂し、歓喜の声をあげた。手を叩き、足踏みし、ドラムや竹を打ち鳴らす。

「パーッといけ！　パーッといけ！」

「火の玉！　火の玉！」

「燃えろ！　燃えろ！　どんと燃えろ！」

直後、銀の筒は紅蓮《ぐれん》の炎に包まれた。

太陽をしのぐほどの閃光が中天を染め、その火球から白煙をしたがえた無数の破片が紙テープのように舞い散った。

「おおーっ！」

「成功だ！　成功だ！」

「大成功だ！」

村は歓声に包まれ、お祭り騒ぎになった。

酋長がバルコニーから大声で言った。

「よおし皆の衆、仕事はやめて宴会だ！　酒はある！　豚もいる！　あとは薪《まき》だ！」

「やほーっ！」

ACT・4

船縁《ふなべり》を叩く雨音がやんだので、森田《もりた》ゆかりはデッキに出てみた。スコールをたたえた雨雲が遠ざかると、あとはもう、ぬけるような青空だった。

潮風が木々と雑踏の匂いを運んできた。

アクシオ島はもう間近だった。

鬱蒼《うっそう》とした緑の島だった。海岸は珊瑚礁と椰子の木に縁どられているが、内陸にそびえる山々は険しく、所々に黒い岩の露頭も見える。

思ったより大きな島である。

日本人がたくさん集まっている小さな島がソロモン諸島にある――そう聞いたのが今年の三月。情報源は叔父だった。叔父は缶詰会社に勤めており、ガダルカナル島のカツオ漁基地に出張したとき、その噂を聞いたという。

ソロモン諸島に日本人……。

もしや、という思いが心を占めて、ゆかりはじっとしていられなくなった。

行きたい。たとえ成果がなくても、行くだけ行って、決着をつけたい。

だが、ソロモン諸島に日本からの直行便はなく、パックツアーも利用しないとなると、かなりの旅費が必要である。

ゆかりがこの春入学した高校は、アルバイト禁止だった。数日悩んだ末、母に打ち明けてみると、

「いまさらどうなるもんでもないと思うけど、一人で行くならいい勉強になるかもね」

と、ポンと五十万渡された。

ゆかりの母は建築デザインの仕事をしていて、収入はそこらのサラリーマンより多かったので、こういうことには気前がよかった。

もっともこの「いまさらどうなるもんでもない」という無関心ぶりは、ゆかりを苛立《いらだ》たせるのだったが――。

夏休みが始まるまでにパスポートとビザとトラベラーズ・チェックを用意し、成田を発ったのが七月二十一日。エールフランスのDC10でいったんニューカレドニアに渡り、そこからソロモン航空のボーイング737でガダルカナル島に引き返す。ホニアラのホテルにチェックインして、翌朝すぐ、この連絡船に乗ったのだった。

赤道から南へ八百キロ。

そこは太陽と珊瑚礁と、密林の世界だった。

船が桟橋につくと、ゆかりはヨットパーカーの上にDパックを背負い、ホニアラで買ったつばの短い麦藁帽子をかぶった。

真っ黒な肩と腕の男たちに続いて船を降り、腐りかけた木の桟橋をおっかなびっくり渡る。

貝殻と珊瑚の細片が踏み固められた道を少し歩くと、サンチャゴのメイン・ストリートに出た。ガイドブックを見る限り、島で街らしい街はこのサンチャゴしかない。

……といっても、椰子の木より高い建物は見あたらなかった。英国の植民地時代に建てられたらしい石造りの館が目を引いたが、覗いてみると庭は市場になっていた。開け放たれた一階のホールまで屋台が入り込み、魚を焼く煙がたちこめていた。

籠や麻袋をさげた買物客は、漆黒のメラネシア人と東洋人が目立つ。共通語は英語のはずだが、パクパク・アクアクという音が聞こえるばかりだった。

市場の隣は漆喰《しっくい》で塗り固めた教会で、その先に掘っ立て小屋のような雑貨店が続く。

ゆかりは人を探しに来たのだった。まずは市役所か警察署をあたるべきだろう。

そう思いつつ通りを歩いてゆくと、前方に一風変わった趣《おもむき》の商店街が見えてきた。

赤と黄と緑の、なんとも混沌としたカラー・コーディネート。入口にはぴんと反《そ》り上がった極彩色の門があり、対面する二頭の龍があしらわれている……。

「中華街って、どこにでもあるんだなー」

ゆかりは半ばあきれながら門をくぐった。

と、奇妙な日本語が自分を呼んだ。

「嬢さん、嬢さん、日本からきたあるか？」

左手の店先で、血色のいい初老の東洋人が手招きしていた。背後の看板は『天津飯店』。

その横には下手くそな字で「朝粥《あさがゆ》・飲茶《やむちゃ》　日本客歓迎。日本語わかります」とある。

これはラッキー、とゆかりは思った。

英語なら日常会話ぐらいはこなすが、この地方のピジン英語となると自信がない。それに日本人相手の店なら、いろんな情報が聞き出せそうだ。

「こんにちは」

「はいこんにちは。可愛い嬢さんあるなー。さあさあ、中で何か食べるある。アタシ、この店の主人、張天津《ちょうてんしん》ね。日本人、皆うちの料理喜ぶあるよ」

張は愛想をふりまきながら、ゆかりを案内した。店内には透かし彫りの屏風、黒い椅子とテーブル、陶製の関帝像と、中華料理店の定番アイテムが揃っている。

主人の差し出したメニューには日本語訳がついていた。

「……じゃあ、朝粥ちょうだい」

「朝粥。それだけあるか？　もっと食べたほうがいいね。嬢さん、ちと痩せすぎだよ。痩せすぎるのよくない、不幸になるよ」

大きなお世話だ、とゆかりは思ったが、この場は合わせることにした。

「それじゃシュウマイも」

「シュウマイ。承知したある。ちょと待っててちょうだいね」

張は奥に引っ込み、すぐに盆をもってやってきた。盆には糊のような粥と、小さなせいろに入ったシュウマイ、それに油で揚げたねじりドーナツのようなものがあった。

張はウーロン茶を注ぐと、そばに立ったまま、話し始めた。

「基地の人に会いに来たあるか？」

「基地？」

「そう、ロケット基地。この山の向こうにあるね」

「ロケット基地？　ほんとう？」

「ほんとよ。私うそ言わないあるよ」

「そのロケットの基地、日本人がいるの？」

「いるいる。日本人ばっかりだよ」

「ほんと!?」

ゆかりは飛び上がった。

なんともトントン拍子の展開である。

「ほんとよ。私うそ言わないある」

「どう行けばいい？　電車で行ける？　それともバスかな!?」

ゆかりは勢い込んで聞いた。

だが、主人は首を横に振った。

ACT・5

　幹部スタッフに召集がかけられたのは、爆発からわずか半時間後のことだった。まだテレメーターの解析も終わらないうちの召集は異例で、一同に不吉な予感をいだかせた。

「諸君……」

　会議室に全員が集まると、那須田所長はおもむろに言った。

「さきほど空の華と散ったLS－7ブースターは、我がソロモン宇宙協会が人間を宇宙に送るパスポートとなるものだった。だが、結果は知っての通りだ。LS－7は六度におよぶ失敗から貴重なデータを提供してくれた。あと一年もすれば、非の打ちどころのないロケットとして宇宙に翔《はばた》くことになるだろう。しかし、しかしだ諸君！」

　所長は一同をねめつけた。

「我々のスポンサーである経済企画庁は早計にも、このたびの実験が失敗すれば、本年度をもってこのソロモン宇宙基地を閉鎖し、有人宇宙飛行計画から全面撤退する旨を通達してきた！」

　室内に息を呑む気配が流れた。

　来るものが来た、という思いである。

それから、安川がぽつりとつぶやいた。

「……これで浜松へ帰れる」

「あきらめるのは早いぞ、安川！」

那須田が怒鳴った。

「我々にはまだ時間がある。あと半年のうちに有人飛行を実現すれば、計画は必ずや生きながらえるだろう」

「しかし、それまでにLS－7がものになりますかね」

木下が言った。

「一段目がいきなり爆発するようじゃ、安全措置のとりようがありません。人を積むとなれば九九・九九パーセントの安全性が要求されますから」

「LS－7は使わん」

那須田はきっぱり言った。

「推力は劣るが実績のあるLS－5を使う。これなら確実だ」

「無理ですよ。推力が足りないからLS－7を開発してるんですから」と、向井。

「いや、重量を徹底的に削れば不可能ではない。外せる冗長システムはすべて外し、破壊荷重係数も一・〇五まで切り詰めるのだ」

「それで九九・九九が達成できますか」

「数字のほうはなんとでもなる。一段目さえ爆発しなければ、とにかく宇宙の底までは行けるはずだ」

その先は知らん、という口ぶりだった。カミカゼ・ミッションもいいところである。

「……そりゃまあ、やれと言えばやりますが、どうなっても知りませんよ」

「かまわん。さつき君」

「はい？」

「安川を目一杯減量してどこまでいける？」

那須田は宇宙飛行士の軽量化まで考えていたのだった。

「そうですねえ……身長が百七十あるうえに骨格がごついですから、骨と皮にしてせいぜい五十五キロってとこでしょうか」

「五十まで削れ」

「やってみます」

後ろでガタン、と音がした。

ドアが半開きになっており、廊下を足音が遠ざかってゆく。

「あ、安川君が逃げた」

那須田は壁のインターホンをつかみ、保安部につないだ。

「黒須《くろす》か。安川が逃げた。絶対に逃がすな」

ACT・6

「あーあ、どうしよ。やっぱり張さんに言われた通り、夜まで待ったほうがよかったかなあ……」

森田ゆかりは独りごちた。

サンチャゴから基地のある島の北東岸までは、電車もバスも通っていなかった。そもそも基地ができるまでは無人地帯だったらしい。基地まではロケット・ロードと呼ばれる、トラック一台がかろうじて通れる山道があったが、徒歩で行くのは大変だという。

夜になれば、たいていロケット基地の職員が車で天津飯店に来るから、それに便乗すればいい——張はそう言ったのだった。

しかし、天津飯店にあった地図によれば、道のりはほんの十五キロほどに見えた。徒歩でも三時間の距離である。

店を出たゆかりは、しばらく迷ったすえ、自分の足に賭けることにしたのだった。

……が、甘かった。

ロケット・ロードは標高千三百メートルに達するシリバ山地をまたいでいる。谷間を縫うように進む道は、地図の印象よりはるかに入り組んでおり、上級ゲレンデのような急斜面も少なくなかった。

若気《わかげ》の至りでがんばったものの、三分の一もいかないうちに、ゆかりはバテた。

じっとしていてさえ、真上から照りつける太陽が体力と水分を奪ってゆくのがわかる。熱帯雨林のトンネルが日陰をつくってくれることもあったが、樹上をうごめく巨大なニシキヘビを見てから、そうした場所にとどまる気はなくなっていた。

少し開けた場所に出ると、ゆかりは道端の大きな石に腰をおろした。

引き返すか、前進を続けるか——正直なところ、引き返す体力が残っているかどうかもおぼつかない。

ひとりじゃ、なんにもできないんだ……と思ったその時。

行く手からかすかなエンジン音が響いてきた。

「やたっ！　車だ！」

ゆかりは弾《はじ》かれたように立ち上がった。

道の真中に仁王立ちになって車を待つ。

音が急に大きくなった。

前方の薄暗い切り通しから、突然、巨大な車が飛び出してきた。アメリカ陸軍が採用している、ハマーと呼ばれる多目的車両だった。

ハマーは急ブレーキをかけ、派手にスリップしてゆかりの目の前で止まった。

「馬鹿野郎！」

日本語で怒鳴りつけられた。車内には大柄な男が一人。精悍《せいかん》な顔立ちはまだ二十代に見える。

ゆかりはひるまず運転席に駆け寄った。

「すいません、乗せてください！」

「どいてくれ、急いでるんだ」

「基地に行こうとしたんですけど、街に引き返そうと思ってるんです。おねがいです！」

運転席の男はいらいらした様子だったが、

「乗れよ、早く！」

と、助手席側のドアを開けた。

外見は屋根つきのジープに似ているが、中は広く、横に四人は並んで座れそうだった。

「ベルト締めろ。思いっきり揺れるぞ」

「はい」

男はシフトレバーをガシャガシャ動かし、車を急発進させた。体が固いシートにめりこみ、上下左右にゆさぶられる。

こんなのどかな島で、何を急いでいるのだろう。

「あのっ！」

「何だ！」

「サンチャゴへ行くんですよね？」

「浜松だ！」

「え？」

「浜松へ帰るんだっ！」

「……」

なんなのだ、この人は……？

道の両側からのびる植物を蹴散らしながらハマーは猛スピードで走り続けた。

と、背後の空から、ドッドッドッドッという重低音が近づいてきた。

「ちくしょうめ、もう来たか」

男が舌打ちした。

「何、あれ？」

「HSS‐2、保安部のヘリだ。つかまってろ！」

男はダブルクラッチでシフト・アップし、アクセルをめいっぱい踏み込んだ。

ヘリの爆音は耳を聾《ろう》するほどになった。ボンネットに影がさす。見上げると、すぐ上に巨大な舟型の胴体が浮かんでいた。

それから、爆音に負けない音量で、ラウドスピーカーの声が響きわたった。

『あきらめて車を止めろ、安川！　今なら悪いようにはせん』

ゆかりは男の横顔を見た。安川というらしい。

「止まってたまるか！　俺は浜松に帰るんだ！」

『三つ数えるうちに止まらないと、ベビー・MKⅡをお見舞いする。ひとーつ！』

安川はアクセルをゆるめなかった。

ハマーは急斜面を登りつめ、一瞬空中を泳いでその先に着地した。

『ふたーつ！　こちとら腰抜けの自衛隊じゃねーんだ、撃つときゃ撃つぞ、安川！』

「おい、おまえ！」

「私？」

「ヘリに見えるように手を振れ」

「でも、撃つとかって――」

「撃たれたくなきゃやれ！」

ゆかりは助手席の窓から身を乗りだした。

ヘリは五十メートルほど後ろに浮かんでいた。側面のドアが開いており、丸太のようなものをかかえた男が半身を乗り出している。その丸太が、ぴたりとこちらを狙っていた。

ゆかりは言われるままに、ヘリに向かって手を振った。

安川は車載拡声器のスイッチを入れ、マイクに向かって怒鳴った。

「おい黒須！　この娘が見えるか！　撃ちたきゃ撃ってみろ！」

丸太が火を噴いた。

「だあっ！」

ゆかりはあわてて体をひっこめた。

何かが頭上を通過し、前方の路上で爆発した。ハマーはサーカスのライオンのように、炎の中を突っ切った。

「ちょっとっ、話がちがうじゃないよっ！」

ボンネットの上で、固体燃料の破片が火を噴いている。安川はかまわず走り続けた。

「黒須の奴、街が近いんで焦ってるな」

「黒須？」

「保安主任だ……くそっ！」

どごーん！

前方に第二弾が炸裂し、ひとかかえもあるゴムの木が倒れて道を塞いだ。安川はとっさにハンドルを切ったが、ハマーは右手のジャングルに突っ込んだ。

「降りろ！」

言われるままに、ゆかりはドアを押し開いて車を出た。

「こっちだ！　走れ！」

下り坂の山道を、とりあえずゆかりは安川に続いて走った。走りながら、質問した。

「なんで私まで逃げるの？」

「黒須のことだ、君をつかまえて人質にしかねんからな！」

「そんな無茶苦茶な！」

「奴はソロモン病だ」

「ソロモン病!?」

「ばれなきゃ何やってもいいと思ってる。ここじゃみんなソロモン病だ！　いいから走れ！」

二人は走り続けた。

ジャングルが後退し、見覚えのある甘薯《かんしょ》畑に出た。その向こうに、サンチャゴの市街が見える。

ヘリは高度を上げた。しかし、まだ立ち去る様子はない。

「さすがに町なかじゃ撃てないだろ」

安川は小走りになった。

「でも、空からずっと見てるみたい」

「人混みにまぎれるんだ。中華街に行く」

「それからどうするの？」

「いいからついてこい」

二人は中華街の路地に入った。姿勢を低くし、家々の壁にはりつくように移動する。路地から路地へ、さんざん走り回った末、安川は一軒の家の裏口をけたたましくノックした。

「張さん！　張さん！　俺だ、安川だ！　開けてくれ！」

ドアはすぐに開いた。

現れたのは今朝、粥とシュウマイを食べた、あの天津飯店の主人だった。

「あれまー、安川さんに嬢さん、いったいどうしたことあるね？」

「入れてくれ。話はあとだ」

「わかたある」

張は二人を中に入れた。そこは調理場だった。

「部屋、空いてないか」

「あいやー」

主人は目を細めた。

「安川さん、あいかわらず手が早いあるなー。こっち来るね」

二人は階段を上がり、八畳ほどのツインルームに通された。天津飯店の二階はホテルになっているらしい。

「ゆっくり楽しむある。何か飲物もってこようか」

「違うんだ、張さん。かくまってほしいんだ」

「かくまう？」

安川はポケットから百ソロモン・ドル紙幣をひとつかみ出し、張の手におしつけた。

「基地の誰かが来ても、いないことにしてくれ」

「……わかたある。安川さんの頼みなら、喜んでかくまうよ」

「もうひとつ頼まれてほしい。今夜、ボートを用意してほしいんだ。場所はクレップ岬。サンタイサベル島に渡るんだ」

「わかたある。私に任せるある」

張はそれ以上聞かなかった。

「夜までゆくり休むといい。いまお茶、持ってくるね」

張は階下から急須と湯呑みを部屋に運ぶと、すぐに出ていった。

二人はベッドに並んで腰掛けた。

熱いウーロン茶を流し込むと、ゆかりは少し人心地がついた。

「安川さん、よね」

「ああ」

それっきりなので、ゆかりは促した。

「説明してもらいたいんだけど。いきなりミサイルで撃たれた私としては」

「ああ。つまりだな……基地の労働条件が悪化したんで、辞職を申し出たんだが受理されなくてな」

「それで逃げたらああなったわけ？」

「まあ、そういうことだ」

「……」

ゆかりは眉をひそめた。湯呑みに茶をつぎ、さりげなくベッドの端に移動する。

「君こそ、なんなんだ。こんな地の果てに一人で何しに来たんだ？」

「うん……」

怪しい男だが、基地で働いていたなら、何か知っているかもしれない。

ゆかりはDパックのポケットから、一枚の写真を出した。海をバックに一組の男女が写っている。

「この男の人、見たことない？」

なかなかの男前だった。歳は三十前後で、精力的なセールスマン、という印象がある。

「……知らないな」

「十六年前の写真なの。今はもっと老けてると思う」

安川はしばらく首をひねっていたが、

「やっぱり知らない顔だな」

「そっか……」

ゆかりは肩を落とした。

「この人は？」

「父親」

「君の父さん？」

「うん」

「父さんを探しにはるばるこの島へ？」

「……ソロモン諸島に、日本人がたくさんいる島があるって聞いたから、もしかしてと思って」

「基地には三百人くらい働いてるけどね。だけど、あそこができたのは三年前だよ」

「え、そうなの!?」

「ああ。俺が来たのは二年前だけどさ。けど十六年前っていうと……」

「私、まだ生まれてなかったの。父がいなくなったの、新婚旅行の最中だから」

「新婚旅行で？　いきなり？」

「うん。ガダルカナル島に来た最初の夜ね。ちょっと月を見てくる、って言い残してホテルの部屋を出て、それっきり」

「……変な話もあったもんだな。じゃ、君はその時のハネムーン・ベイビーってわけか？」

「うん」

「ふーむ……」

安川は少し沈黙し、それから言った。

「君の母さんも大変だったろうな」

「でもなかった、って本人は言ってるけど。地元の警察にも頼んで、一週間ぐらい探したけど見つからないんで、旅行を切り上げて一人で日本へ帰ったんだって」

「ふーん……」

「母はばりばりのキャリアだから貧乏なんかしなかったし、私も——さみしいとか、そんなんじゃないんだけど……」

ゆかりは口をつぐんだ。苦い記憶が、不意にぶりかえしてきた。

悪夢のようだった『父親参観日』事件。

その続篇ともいえる『母親参観日』事件。

現国の授業中に起きた『父帰る・感想文』事件。

——そう、小学校の頃から国語の授業には嫌な思い出が多い。

なんで教師は、毎年のように家族についての作文を書かせようとするのだろう。

いや、作文そのものは平気なのだが、そのあとの級友の気づかいがたまらなかった。ひとたび同情の輪に囲まれると、冷やかそうとする男の子が必ず現れる。さらにそれをとがめる女の子が出てきて、事態はますます拡大する。そして結局、人数×二倍の憐憫《れんびん》のまなざしに見送られて立ち去る羽目になる。

ゆかりは自分を不幸だと思ったことはないが、いつも他人が勝手に構築した不幸に包囲されてきた。それを乗り切るには気力がいった。ゆかりは気丈なほうだが、いつもというわけではない。

「……要するに、はっきりしないのが困るのよ。単なる事故だったとか、母さんが嫌いになって逃げたとか、自殺したとか、ぱっと一言でいえればそれっきりなのに――」

その時、階段を上る足音が近づいてきた。

ドアが開き、張が現れた。

「安川さん、お客さん連れてきたあるよ」

「客？　客って――いったい」

張に続いて入ってきたのは、戦闘服に身を固め、腰に銃を吊ったサングラスの男。

「黒須！」

続いて五十すぎの、がっちりした男。

三人目は白衣をはおった、髪の長い二十代後半の女。

「所長！」

「さつき！……さん」

安川は張をにらみつけた。

「あんた、裏切ったな！」

「基地の人、大事なお得意さんあるよ。みんなで幸せになる、それが一番あるね」

「こっ、この……」

「あきらめるんだな、安川さんよ」

黒須が言った。

「もうちょっとの辛抱だぜ」

「そうよ、せっかく二年間も訓練に耐えてきたんじゃない。ここでやめちゃだめよ。ねえ所長？」

さつきも口を揃え、所長の顔を見上げた。

ところが。

「……所長？」

所長と呼ばれた男の目は、こちらに釘づけになっていた。

見知らぬ男からまともに見つめられたので、ゆかりも負けずに男を見返した。

「君は……誰なんだ？」

「この子は関係ない！　日本からここへ父親を探しに来たんだ」

横から安川が怒鳴る。

「ほう……父親をね……」

所長はうわの空で答えた。

「君——ちょっと立ってくれないか」

「なんで」

「立って、ひとまわりしてくれ」

「だからなんで」

「いいから！」

剣幕に押されて、ゆかりはベッドから腰をあげ、くるりと体をまわしてみせた。

「さつき君」

那須田は小声でたずねた。

「この子の体重、いくつとみる？」

「体重ですか」

さつきの目がきらりと光った。

「三十七キロってとこですね」

「三十七キロ！　よし、サイズは」

「身長百五十四センチ、スリーサイズは上から八十一、五十四、八十二。——それから」

　さつきはつけ加えた。

「きわめて健康です」

　那須田はゆかりに目をすえたまま、うむうむとうなずいた。そして、何事か口の中でつぶやいた。

「所長、いったい何考えてんですか！」

　安川が怒鳴る。

「君は黙っとれ！　ロケットを前に逃げだすような腰抜けに用はない！　クビだ！　浜松へ帰れ！」

「な、なにぃ……」

　いきりたつ安川を無視してゆかりに歩み寄った所長は、一転、猫なで声になった。

「お嬢さん、名前は？」

「森田ゆかり」

「父さんを探してるそうだね？」

「そうだけど」

「ソロモン諸島には七百の島があって、どこもジャングルだらけだ。いったいどうやって探すつもりだったんだね？」

「それは……」

漠然と、島に来ればなんとかなる、と思っていた。それが甘い考えだったことは、さっき思い知ったばかりだ。

所長は言った。

「どうだろう。ここはひとつ、我々に手伝わせてもらえないかな？」

「手伝う？」

「私はソロモン宇宙基地の所長をしている、那須田というものだ。基地にはヘリコプターや車や船がたくさん揃っているし、このへんの島々の警察機構との連絡網もある。ソロモンじゃ日本人は目立つから、すぐに探し出せると思うんだが」

「ほ、ほんとっ⁉」

ゆかりはとびあがった。

「信じちゃだめだ！」安川が叫ぶ。

「張さん、安川君に階下で何か食わせてやってくれないか。空腹でいらだってるようだ。黒須君もつきあってやってくれ」

「承知しました」「ごちそうするあるよ」「おいこらっ！　放せっ！」

どたばたと三人が退場すると、所長はゆかりに向き直った。

「失礼。話の続きだが——今も言ったとおり、我々は君の父さんを探す用意がある。それで、その代わりといってはなんだが、ちょっとしたアルバイトをしてもらいたいんだ」

「ちょっとしたアルバイト？」

「基地には冷房完備の宿舎もあるし、食堂もある。もちろん相応の給料も払う」

「何をやればいいんですか」

「機械の前に座ってるだけでいいんだ。通信が入ったら応答して、いくつかボタンを押す。猿でもできる、まったく簡単な仕事だよ」

悪くない話のように聞こえる。

胡散臭《うさんくさ》いのは確かだが、父を探し出すためなら、少々のリスクは覚悟の上である。

「それぐらいなら……ちゃんと教えてもらえるなら」

那須田はにっこり笑った。

「心配いらないよ。こちらの旭川さつきくんが万事指導してくれるはずだ。なあ？」

「そりゃあもう。わからないことがあったらなんでも聞いてね、ゆかりちゃん♡」

さつきは天使のような微笑みを向けた。

だが、目は笑っていなかった。

それが毛並のいい実験動物を見る目であることに、ゆかりは気づかなかった。

第二章　猿でもできるアルバイト

ACT・1

この女、本当に医者なんだろうか？

旭川さつきの後ろを歩きながら、ゆかりは思った。

背を流れる豊かな黒髪。はだけた白衣と、超ミニのタイトスカート。赤いハイヒール。

こんな挑発的な格好した女医なんて、見たことないぞ……。

この自称医師は、まる一日かけて自分の体をひっかき回した。それは大小様々な器具を使い、肉体の極限をテストするものだった。

パスしなければアルバイトはできないと言われて、ゆかりは必死で耐えた。

女医は終始、真っ赤なルージュをひいた唇に笑みを浮かべて、こちらを観察していた。

評価は決して口にせず、「あとでね」と言ってデータをクリップボードに書き込むだけだった。

午後八時、すべての検査が終わると、さつきは「いっしょに来て」と言った。

いよいよ結果を聞く時が来たんだ、とゆかりは思った。

通されたのは所長室だった。

大きな両袖のスチールデスクは、本や書類の巨大な集積地になっていた。その間から、那須田所長の脂ぎった顔がのぞいた。

「おう、どうだった⁉」

さつきは黙って親指を立てた。

「そうか！　適性ありか！」

所長は、がば、と立ち上がり、ゆかりの前に来た。

「おめでとう、ゆかり君！　君ならきっと合格すると信じていたよ！」

と、肩をつかみ、ぶんぶん揺する。

「はあ……」

合格の嬉しさより、不信感をおぼえた。

たかがアルバイトが決まったぐらいで、この喜びようはなんなのだろう……。

「いやあ、めでたい。これで史上最年少の宇宙飛行士の誕生だな！」

「へ？」

「小型軽量・高性能ってわけですね。ロケットもペイロードも」と、さつき。

「まさにそうだ。日本製品はこうでなきゃいかん」

「あの」

さつきは質問した。

「今なんて言いました？」

「日本製品か？」

「その前」

「小型軽量？」

「その前」

「史上最年少の宇宙飛行士？」

「それ。それってどういう——」

「君のことだ。他にどうとれる？」

「は……」

ゆかりの顎が、かくんと落ちた。

「私が、宇宙飛行士!?」

「そおだ。君は我がソロモン宇宙協会の宇宙飛行士として正式に採用されたんだよ！」

ゆかりは眉をひそめた。

「私が聞いたのは、機械の前に座ってボタン押して、通信に答えるだけの、猿でもできる簡単なアルバイトって」

「その通り。宇宙飛行士の仕事を要約するとそうなる」

「しっかし……」

宇宙飛行士といえば、エリート中のエリートであり、国民的英雄であり、子供たちのあこがれの的である。中華料理屋の二階で偶然出会った女子高生がおいそれとなれるものではないはずだ——普通は。

疑念を察したかのように、所長は言った。

「アメリカやロシアが英雄扱いするんで誤解しがちだが、ありゃ国民から税金絞るための茶番だ。宇宙船の仕事はコンピュータがやってくれる。飛行士はただ座って、外でも眺めてりゃいいんだ。気楽なもんさ」

「でも、なんで私なんですか。他になりたい人がいると思うけど」

「小型軽量だからよ」

「そういうことだ」

所長は言った。

「飛行士の体重が一キロ増えると、一段目と二段目に雪だるま式に負担がかかって、全体じゃ七十キロも重くなる。君は三十七キロと軽量級のうえ、サイズも小さいからカプセルも小型化できる。安川に較べりゃ天地の開きがあるってわけだ」

「安川さんて――あの人、宇宙飛行士だったんですか？」

「そうだ。減量しろと言ったら恐れをなして逃げ出しおった」

「減量で恐れ？」

「いや……まあな」

所長はあいまいに言葉を濁した。

「おかげで君と運命の出会いを果たすことになった。今日から君が、我がソロモン宇宙協会の――」

「ちょっと待った」

「まだ不安かね？　危険なんかこれっぽちもないぞ。シャトルは一度爆発したが、あんなもんはアメリカのやることだからな。車だって日本のは故障しないだろ」

「宇宙飛行士の仕事って、一ヵ月で終わるんですか？」

「いや、まずは半年だな」

「私、九月から高校があるんですけど」

「ここだって勉強ぐらいできるさ」

「学歴つかなきゃ無意味です」

「ふむ。じゃあ親御《おやご》さんに電話で相談してみようじゃないか」

話はどんどん進む。

「確認しますけど、私が引き受けたら、手伝ってもらえるんですね？」

ゆかりは念を押した。

「何をだね？」

「父の捜索ですっ！」

「ああ、そうか。そうだったな。いやもちろんそのつもりだ。基地の総力をあげて捜すよ。

……で、君ん家の電話番号は」

ゆかりが番号を告げると、所長はすぐに電話のボタンを押した。

ソロモン諸島の日本との時差はプラス二時間。ちょうど母の帰宅した頃である。

ぷるるるる……。

通話音声はスピーカーに流された。

『森田ですが』母の声である。

「あーもしもし、こちらSSC――ソロモン宇宙基地所長の那須田と申しますが」

『ソロモン宇宙基地のナスダさん？』

「そうです。ゆかりさんのお母様でしょうか？」

『そうですが』

「実はですね、私ども、ソロモン諸島でロケットを打ち上げておる者なんですが、いま宇宙飛行士を探しておりまして」

『はあ』

「ふとした縁でゆかりさんに出会いましたんですが、これがもう、私どもの条件にぴったりでしてね」

『ゆかりが——宇宙飛行士のですか？』

声が少し高くなった。

「ええ。それで、ゆかりさんに半年ほどうちで働いてもらえないかと思うわけなんですが、どうでしょうかね？」

『まあ！』

「もちろん衣食住からビザの書き換えまで、こちらで手配させていただきますけども」

『そこにゆかりはおりますの？』

「ええ、いま替わりますので」

所長はゆかりに言った。

「そのまま話していい。マイクでひろうから」

「あ——もしもし、お母さん？」

『すごいじゃない、ゆかり！　宇宙飛行士なんてさ。父さんのことなんかほっといて、そっちに専念したら？』

「それなんだけど、私が宇宙飛行士になったら、基地のほうで捜索を手伝ってくれるっていうの」

『あら。じゃあ万事ＯＫじゃないの！』

「……うん。だからまあ、やってもいいかなって思うんだけど」

『やるっきゃないって。宇宙飛行士なんてそうそうなれるもんじゃないわ。だいたいね、これからの女はロケットぐらい乗りこなさなきゃ、男どもにナメられるばっかりなんだから』

　ゆかりはため息をついた。

　こういう母なのである。

「……学校はどうすんのよ？　うちの学校、バイト禁止だし」

『休校届け出しとくわ。海外留学ってことで』

「ふうん……じゃあいいの？　こっちで宇宙飛行士やってて」

『もちろんよぉ。そうなりゃあたしも、宇宙飛行士の母になるわけでしょ？　ちょっとカッコいいじゃないよ』

「……あのねえ」

『途中でなげたりしちゃダメよ。そんなことしたら、家に入れたげないから！』

「そりゃ、やるとなったらやるつもりだけど……」

『なんか気乗りしないふうね？　ははーん、早くもホームシック？』

「そうじゃないけど」

『母さんもさ、今のプロジェクトが一段落したら様子見に行ってあげるから』

「そうじゃないって言ってるでしょ！」

『あらそ。ま、とにかくしっかりやってらっしゃい。所長さんによろしくね』

がちゃっ……つー。

那須田は目を細めた。

「なかなか話せるお母さんじゃないか」

「ああいうの、母親っていうんでしょうか」

「ライトスタッフの持主とみたがね。とにかく決まりだね？」

「えーまあ」

「よおし！」

那須田はポンと手を打った。

「明日みんなの前で発表して、訓練スケジュールを決めよう。忙しくなるぞ」

「捜索のほう、よろしくお願いしますね」

「捜索？」

「父の捜索ですっ！」

「ああ、あれな。うん、まかせときなさい」

ゆかりはポケットから、一枚の写真を取り出した。

「これ、十六年前の父ですから。名前は森田《もりた》寛《ひろし》、失踪当時は三十一歳で、セールスエンジニアでした」

所長は写真の男をちらりと見た。

「ふむ。では複写して捜索チームに配るとしよう。それまで預からせてもらうよ」

「よろしくお願いします。絶対ですよ」

ACT・2

翌朝、ゆかりはさつきに案内されて、本部から半キロ離れた、ロケット燃料工場に行った。溶媒の臭いが漂う廊下をしばらく歩き、高分子実験室、という表札のかかったドアを開く。

その部屋の主と対面したとき、ゆかりは思わず立ちすくんだ。

顔を覆う大きなビン底眼鏡。

ぼさぼさの髪。

両手をよれよれの白衣につっこみ、かかとのつぶれたテニスシューズをつっかけて、その女性はこちらにやってきた。

そこで焦点が合うのだろう――三十センチまで顔を寄せ、上体を左右に傾けて、ゆかりの体をじろじろ眺める。

「な、なによ……この人」

「化学主任の三原素子《みはらもとこ》さん♡」

さつきは笑みをうかべて紹介した。

素子は間延びした、ハスキーな声で、いきなり言った。

「じゃ～全部脱いで」

「……また？」

昨日の身体検査で何度も裸にさせられて、いいかげん辟易《へきえき》しているゆかりである。

ゆかりは力一杯顔をしかめて素子を見た。

反応がないので、そのままさつきを見た。

「宇宙飛行士は裸になるのも仕事のうちよ」

と、微笑むさつき。

仕方なく全裸になると、素子は言った。

「前屈してみてぇ」

言われたとおりにする。

やにわ、素子はゆかりの腹部をつまんだ。

「ちょっと！」

「……いいわぁ、これぐらいしまってると作りやすくてぇ。ねえ、さつき～」

素子は嬉しそうに言った。

「でしょ。素材の良さは保証するよ」

「作るって何を？」

「宇宙服ぅ」

「宇宙服？　燃料工場で？」

「ここはね、燃料はもちろん、応用化学製品なら何でも作れちゃうとこなの」

さつきが言った。

「この天才素子さんがいる限りね」

「天才って……あっ、何するっ！」

背中に異様な感触を受けて、ゆかりはとびのいた。

「ワセリン、塗ってる」

「人の体に何かするときは、先に言ってよ！」

「あ～、ごめんね～」

「……で？　これ塗ってどうすんの」

「石膏《せっこう》でぇ、ゆかりちゃんの型をとるの～」

「なんで？」

「お肌にぴったりだもの～」

「何が⁉」

　いちいち先を促さないと言わないタイプらしい。

　苛立《いらだ》つゆかりを見て、さつきが説明した。

「つまりさ、NASAなんかの宇宙服ってゴジラのぬいぐるみみたいにモコモコでしょ？　あれじゃ背中を掻くことも、靴紐をむすぶこともできない。せっかく宇宙に出ても、ろくな仕事ができないわけよ。だいいち重すぎるしね。てなわけで、素子が開発したのがスキンタイト宇宙服」

「スキンタイト？」

「第二の皮膚ってとこかな。よくアニメにでてくるでしょ。肌にぴったり張りついた、レオタードみたいなやつ」

「え」

「宇宙服ってのは、中の空気の膨張がやっかいなのよ。風船みたいにぱんぱんに膨らんで、関節も曲らないってことになるのね」

「はあ」

「だから肌に密着して、空気を入れるのはヘルメットだけにすればいい。どうせ人間には皮膚呼吸なんかいらないんだしね。放熱は汗を生地《きじ》ごしに宇宙空間に捨てればすむし。つまり汗は通して空気は通さず、耐熱性があって、柔軟かつ特定方向には緊縛力がある──そういう素材があればいいわけね」

「よくわかんないけど……」

ゆかりはため息をついた。

「オジサンたちの注目を集めそうだなあ」

「直前までプレスリリースはしないけどね。でもいいじゃない。ゆかりちゃんスタイルいいんだしさ」

「あとでブルセラに高く売れそ……」

「一着、八百万円だからね」

「……」

ワセリンが塗り終わると、ゆかりの体は溶いたばかりの石膏の中に横たえられた。

素子とさつきはへらを使って、ゆかりの首から下、身体の背中側半分だけが石膏に埋まるように加減した。

「固まるまで三十分、動かないでねぇ。そのあと前半分も型取りするから」

「はーい……」

最初、ひんやりと冷たかった石膏は、時間がたつにつれて熱をおびはじめた。

「あのー、なんか熱くなってきたんですけど」

「平気よぉ。ただの凝固熱だからぁ」

「でもどんどん熱くなるみたい。ほんとに大丈夫？」

額に脂汗を浮かべるゆかりを見て、素子は急に、くふふふふふ、と笑った。

「ゆかりちゃん〜」

「な、なによ」

「信じてくれなきゃぁ」

信じられるか。

ＡＣＴ・３

夕刻、疲れきったゆかりが宿舎に戻った頃、メインスタッフは会議室に集まっていた。

「経企庁と交渉した結果だが――」

那須田は言った。

「年内に有人飛行が実現すれば、計画打ち切りは保留するとのお達しが出た。ただし一日たりとも遅延は認めないとのことだ」

一同、顔を見合わせる。実質四ヵ月か……という声がもれた。

「そこでゆかりの訓練スケジュールなんだが――今度は安川と違って、飛行機に乗るのも初めてというド素人だ。むちゃくちゃな促成栽培になるが、優先事項は何かな？」

「一に度胸、二に知識、三に慣れです」

プロジェクト・マネージャーの木下和也が答えた。

「錯乱してカプセルの中で叫び出す――これがいちばん困ります。なにしろ狭苦しいカプセルにたった一人で押し込められ、足元には百トンの爆発物、加速は八G、秒速八キロで宇宙空間に吹き飛ばされるわけですからね」

「まあ、考えてみりゃ恐いわな」

「そうした危険を知らせずに乗せる手もありますが……」

「それはいかん」

那須田はきっぱり否定した。

「それでは猿と同じだ。有人飛行の意味がない。たとえ女子高生であろうと、任務の危険を知らず、それに見合う意志も持たないただの乗客であっては断じてならん」

本人には気楽なことを言ったが、それが那須田の真意だった。

しばしの沈黙を破って、さつきが言った。

「……まずは単独踏破訓練かなあ。度胸つけさせるなら」

「ジャングルへパラシュート降下か？」

「ええ」

「しかし、この島にも結構過激な部族がいるぞ。タリホ族ならいいが、他のとなると……」

「なーに、拳銃持たせてやりゃあ平気ですよ」

保安主任の黒須俊之《としゆき》が言った。

「威嚇射撃ができればＯＫでしょう。今じゃどんな部族でも拳銃の威力は知ってますから」

「うむ。しかし相手は女子高生だからなあ。いきなりジャングルへ飛び降りろなんて言ったら、座り込んで泣き出すかもしれん」

「それなら大丈夫です」

さつきが言った。

「一週間ください。前段階として遠心機やマルチアクシスで徹底的にしごきますから」

「それで効くのか？」

「ええ。思いっきりストレスをかけて、疲労と欲求不満で爆発寸前までもっていったところでヘリに乗せるんです。その頃には死の恐怖なんて消えていて、もう何でもやってやるーって心境になってますから」

「いわゆるミリタリー・ショックだね」

と、木下。

「そそ♡」

さつきは満面の笑顔でうなずいた。

「あたし、あの子気に入っちゃったの。素直だし健康だし可愛いし♡　だからもう、いろいろいじりまわしてみたくって♡」

「んじゃあ私もぉ、宇宙服、それまでに完成させちゃおかな〜」

素子が言った。

「あの服が熱帯のジャングルでどうなるか、ばっちしデータとれるもんね〜」

「……こわい人たち」

「よし、決まりだな」

那須田はポンと手を打った。

「さつきくんは耐久訓練、木下君は学科でしごいてくれ。宿題もどっさり出せよ」

「はい」

「わかりました」

「並行して射撃訓練だな。これは黒須軍曹の十八番《おはこ》か」

「みっちり仕込んでやりますよ。グリーンベレー式にね」

「よろしく頼む。では解散！」

ACT・4

三日目、いよいよ訓練開始の朝。

ゆかりは本部棟の隣にある、宇宙飛行士訓練センターに連れて行かれた。

「ここがゆかりちゃんのデスク。あんまり使わないかもしれないけど」

「はい」

ゆかりのデスクは第一医師室、つまり旭川さつきのオフィスの中に用意されていた。

デスクの上には、衣類の包みが山積みになっている。

「これ、トレーニングウェアね」

さつきが説明する。

「昨日の検査でも使ったけど、ショートパンツとシャツ、ジャンプスーツに水着。あとタオルと帽子とシューズに生理用品。更衣室のロッカーに入れといてね。消耗したら需品部《じゆひん》に請求すること」

「はい」

「それから教科書にノートに電卓に筆記具」

「はい」

「じゃ、さっそくはじめようか。明日からは朝食前に水泳とジムで筋力トレーニングするけど、今日は省略。まず環境適応訓練の一環として、遠心機からね」

連れてゆかれたのは、訓練センターの地下にある、大きな円形の部屋だった。

中央には、左右に長短のアームを張り出した、奇怪な装置が据えられていた。長いほうのアームの端には人が一人入れるほどの箱。反対側には重錘《じゆうすい》。各部の形状からすると、装置全体が水平に回転するらしい。

「これが遠心機。遊園地のラウンドアップって知ってるかな。遠心力で張りついたまま、どんどん傾いてくやつ」

「乗ったことあります。豊島園で」

「あれのちょっとハードな奴だと思っていいわ。指示はインカムで伝えるから、ゆかりちゃんは言われたとおりにやる」

「はい」

「細かいことはやりながら覚えていこうね。あたし、無理はしない主義だから。じゃあ、そのケージに入って」

ドアを開け、クレーンの運転台のような窮屈な箱に体を滑り込ませる。装置の中心軸に向かって座る格好になった。

正面には小さな窓、その下にスイッチの並んだパネル。四方にはケーブル類が這う。

入口からさつきが手を伸ばし、ごつい四点式のシートベルトを締めた。それからゆかりの頭にヘッドセットをはめ、センサー類のケーブルをつなぐ。

「よし、ちょっと待っててね」

さつきはドアを閉め、歩み去った。

少しして、円周の外にあるガラス張りの管制室にさつきが現れた。

『聞こえる？』ヘッドセットから声がした。

「はい」

『背筋をのばし、肘掛けに腕を置く』

「やりました」

『じゃ、いくよん♡　三秒で二Gに加速』

ごおん。

鈍い衝撃があって、回転が始まった。

「えっ」

その瞬間、ゆかりはただならぬものを感じた。

これまで彼女の乗ったどんな乗物も、最初はゆっくり、じわじわと動き始めたものである。

だが、この機械は違った。

おもちゃの車を突き押したような、一方的な加速である。その変化は直線的で、まだまだ途方もない余力がありそうだった。

回転はみるみるうちに高まり、窓の外はぶれて見えなくなった。メリメリと音を立てて、体がシートにめりこんでゆく。

『三G……四G……』

胃が変形するのがわかる。

胃だけではない。肺が、腸が、脳が、万力のような力で締めつけられてゆく。

『五G。パネルに変化は？』

「み、右から二番目のランプがついた」

『それは照光スイッチになってる。点灯したスイッチを押して』

「うん……あれ!?」

ゆかりは驚いた。

腕が動かない。まるで鉛のように重く、肘掛けに張りついている。

五Gといえば、重力が五倍になったことを意味する。ゆかりの腕を二キロとするなら、今は十キロになっているのである。

「腕が……上がらない」

『たかだか五Gでできないはずはない！　バケツ持ったつもりでやりなさい！』

「んなこと言ったって……このっ……」

ぶるぶる震える手で、かろうじてボタンを押す。ランプが消えた。

と、別のスイッチが点灯した。

『点灯したランプはすみやかに消す！』

「ううっ」

ゆかりは両腕を使って、懸命にボタンを押した。

『よしよし、次は六G♡』

機械がうなりを上げた。

「お――おいこらっ！」

『今から特訓モードに入る。三十秒以内にランプを消さないと自動的に一G加速される』

「ちょっと待たんかい！」

『口答え無用!!』

パッ、パパッ。

ランプが三つ点灯した。ゆかりは渾身《こんしん》の力をふるってボタンに手を伸ばした。腕は痙攣《けいれん》したように震え、誤って隣のボタンを押してしまう。

と、そのボタンも点灯した。

ごおん！

失敗するとペナルティが加算されるシステムであった。

かろうじて一つめを消した時、時間切れ。遠心機は叩きつけるように加速した。

全身の骨がきしむ。

「ぐあああっ」

『七Gに加速。うふ♡』

顔がゆがんで元に戻らない。何もできず、三十秒経過。

『八Gに加速。うふふ♡』

すさまじい頭痛とともに、視野がぼやけはじめた。心臓が悲鳴をあげ、息が苦しい。

『腹式呼吸しなさい。でなきゃ窒息するよ』

それって、どうやるんだ――。たずねようにも、声が出ない。肋骨が背筋に食い込み、肺は潰れ、空気が喉を通らない。苦しい。

三十秒経過。

『九Gに加速。うふふふっ♡』

視野がブラックアウトした。

呼吸困難。心拍数二百突破。意識が混濁し――ゆかりは気絶した。

ACT・5

気がつくと、ベッドの上だった。

そばに、さつきの後ろ姿が見える。気絶前の記憶は、すぐに蘇った。

「……こら」

ゆかりはむっくり起き上がって言った。

「起きたわね。気分はどう？」

「私を殺そうっての」

「まさか。現に生きてるじゃない」

さつきはこちらを向き、しれっとした顔で答えた。

「楽しんでやってるのがはっきりわかった」

「ふーん。わりと冷静だったんだ」

そう言って、さつきはクリップボードに何か書き込んだ。

「話そらさないで。なんでうふうふ笑いながらやるのよ」

「ゆかりちゃんが頑張るからよ。加速上げながら、まだいける、まだ気絶しない、って思えばうれしくなるのは当然じゃない？」

「そうには見えなかった」

「誤解よ。……おっと、学科講習の時間ね。急いで教室に行かなきゃ」

「ちょっと休憩」

「だめだめ！　ほらほらっ！」

ゆかりは強引にベッドから追い出された。


教科書と筆記用具を持って教室に入ると、木下和也が一人で待っていた。

銀縁眼鏡がきらりと光ったかと思いきや、木下は一喝した。

「遅い！」

「気絶してたので」

「言い訳するな！　時間厳守は宇宙飛行士の基本だ。以後、一秒でも遅刻したら即日三時間の補習授業を行なうからそのつもりで！」

「……」

また、変な奴が出てきたぞ。

ゆかりは思った。まだ四十代に見えるけど、化石みたいな教師だな……。

「では宇宙航行学の授業を始める。『ファインマン物理学Ⅰ』九十二ページを開け」

Ｂ５サイズの分厚い本である。

「軌道力学の基本はケプラーの法則だ。読んでみろ」

「これか……Ⅰ、惑星は太陽を焦点とする楕円にそって太陽のまわりを公転している……」

「続けろ」

「Ⅱ、太陽から惑星に引いた動径は、同じ時間の間には同じ面積を覆う。Ⅲ、任意の二つの惑星の周期の自乗は、おのおのの惑星の長半径の三乗に比例する」

読み終えるなり、木下は黒板に方程式と数値を書いた。

「これが軌道運動の方程式だ。この初期値と重力定数で積分してみろ」

「積分って？」

「積分を知らないのか⁉」

声が一オクターブ高くなった。

「習った記憶ない」

「やむをえん」

木下は黒板に、別の式を書いた。

「この展開式ならできるだろう」

いくらか見覚えのある式ではある。

記号に数値をあてはめていけばいいのだ。

しかし……。

「どうした。一秒後のベクトルは？」

「でもその数字、八桁もあるし」

「電卓があるだろう」

「あ、なるなる」

ゆかりは今朝支給された電卓を取り出した。電源を入れ――そこでゆかりは凝固した。

「……ん？」

「どうした」

「この電卓、イコール・キーがない」

「あたりまえだっ！」

木下はひっくり返るような声で怒鳴った。

「逆ポーランド演算を知らんのかっ！」

バンッ！

ゆかりも机を叩いて怒鳴った。

「知るわけないでしょ！」

「おおそーか、ならば今から五分で操作を叩きこむ！　二度と普通の電卓が使えない体にしてやるから覚悟しろ！」

「横暴だっ！」

「それがどうした！」

嵐のような二時間が過ぎた。

山のような宿題をかかえ、ゆかりはさすがにげっそりした顔で、教室を後にしたのだった。

ACT・6

午後からは保安主任、黒須俊之によるサバイバル訓練だった。

「着替えろ」

シャツにショートパンツ姿のゆかりを見るなり、黒須は言った。

渡されたのは迷彩服である。

それから、ハマー軽トラックに乗せられて数分。着いた所はシリバ山地の裾野で、すぐ先から鬱蒼としたジャングルが始まっていた。

鉄条網で囲われた敷地には、あちこちに土嚢《どのう》が積まれ、人ひとり通れるほどの塹壕が掘られている。

「ここが我がSSC保安部の射撃訓練場だ」

ボンネットの反対側から、黒須が言った。

「これから一週間、ここで貴様に赤道地帯における全環境での生存技術を叩き込む」

「はい」

「はじめに尋ねよう。サバイバルの極意とは何か？」

「えーと……」

黒須はいきなり声をはりあげた。

「撃たれる前に撃て!!」

「は？」

「生き延びるにはそれしかない！　周囲はすべて敵だ！　出てくる奴はためらわずに殺せ！　コンマ一秒遅れてもいかん！」

「……」

ゆかりはまじまじと黒須の顔を見た。

まただ。

また、変な奴が出てきた……。

黒須は雑嚢から、大きなピストルを取り出した。

「コルト・ガバメントM1911A1、四十五口径——これが貴様の命綱だ。受け取れ」

チャッ。

ずしりと重い、鉄の塊であった。

さらに、いろいろ手渡される。

「ピストルベルトだ。腰に巻け。これはマガジン。一本に七発装填されている。残弾数を忘れるな。そしてクリーニング・キットとメンテナンス・ツール。銃は目を閉じていても分解修理ができなければならない。たとえ銃撃戦のさなかであろうともだ」

「あのー」

「なんだ」

「私、サバイバル訓練って、テントの張り方とか食料の確保のしかたを習うのかと思ってたんですけど」

「テントで敵が殺せるかっ!!」

黒須は吠えた。

「まず戦って生き抜け！　人が殺せれば獣も殺して食える！　テントを張るのはその後だ！」

「……信じらんない」

「ふむ。体で教えなきゃわからんようだな。ついてこい」

訓練場の一角で、ゆかりはピストルの扱いを教えられた。グリップの底にマガジンを差し込み、スライドを引き、セイフティを解除する。

「そして引金を引けば弾が出る。返事！」

「はい」

黒須が操作盤のボタンを押すと、前方に人型のターゲットが立ち上がった。

「あれの心臓を狙う。足を軽く開き、腰を落とせ。グリップは両手で握る」

言われるままに、ゆかりは構えた。

「撃て！」

バンッ!!

強烈な衝撃が腕から肩、そして全身を揺るがし、ゆかりは後ろに吹っ飛んだ。

「い、痛……」

「馬鹿者っ！　撃つ前に目を閉じるな!!」

「もっと小さい銃ないの？」

「敵にナメられるような武器は持つだけ無駄だ！　腰を入れてもう一度！」

バンッ!!

今度も大きくのけぞる。弾は目標をかすりもしない。

「グリップをしっかり保持しろ。引金は軽く絞るように扱え。撃て！」

バンッ!!

ターゲットの腹部に大穴があいた。

「お、当たった」

「よし。これを全部空《から》にしろ」

黒須はカートリッジを六本、そばのテーブルに置いた。

四十二発撃った頃には肩から先の感覚が失せていたが、それも序の口だった。姿勢を変えて、そのたびに四十二発撃つ。

それが終わると、ゆかりは障害物コースに連れてゆかれた。フィールド・アスレチックのような施設が並んでいる。

「あの塀を越え、有刺鉄線をくぐって塹壕に飛び込め」

「ふーん……」

なんだかゲームみたいである。

「コースでは常に姿勢を低くしろ。俺はここからこの機関銃で貴様を撃つ」

黒須はM60を構えた。

「弾は実弾だ。俺の予想より高い姿勢を取ったら蜂の巣になる」

「ちょっと――」

「ビビったか。宇宙飛行士にゃ大金がかかるんでな」

黒須は言った。

「駄目な奴を早期に淘汰するのが俺の仕事だ。腹をくくって言うとおりにしろ！」

「でも不公平じゃない」ゆかりは口を尖らせて言った。

「不公平？」

「そっちは機関銃なのに、こっちは拳銃一丁だもん。こんなアイテムじゃ最後まで行けっこないよ」

「ほう……」

黒須は口の端でニヤリと笑った。

「応射してこっちを妨害する気か」

「撃たれる前に撃てって言ったでしょ。私も機関銃がいい。持って走れるような、小さくて軽くて、たくさん撃てるやつ」

「面白れえ。そういうことなら――」

黒須は雑嚢から角張った軽機関銃を取り出した。

「このイングラムMAC11でどうだ。小型軽量で威力もあるぞ」

「よさそうね」

「射撃中は暴れるからな。左手でサイレンサーをがっちりホールドしろ」

「わかった。弾もちょうだい」

「おう、好きなだけ持ってけ!」


それから二人は、日が暮れるまで銃撃戦をした。

宇宙飛行士の訓練って、えらくハードじゃないか……。弾幕の下を匍匐《ほふく》前進しながら、ゆかりは思った。

しかしまだ、逃げ出すつもりはなかった。

第三章　ジャングルで見つけた少女

ACT・1

宇宙飛行士になるための猛訓練が始まって一週間。
森田ゆかりは全身、打ち身・捻挫《ねんざ》・肩凝り・神経痛の結晶と化していた。
精神も肉体も、そろそろ弾性限界にさしかかった、七日目の朝――。
ゆかりは燃料工場に連れて行かれた。
先週、全身の石膏《せっこう》型をとられたあの部屋に入ると、三原素子が待っていた。
「じゃ～～ん♪　ゆかりちゃんのお待ちかね、スキンタイト宇宙服の完成よぉ♡」
嬉々として、ラックに吊られた人型を示す。
待ちかねちゃいないけど、と思いつつ、ゆかりはその服を眺めた。

宇宙服は上下一体で、ウェットスーツに似ていた。のどもとから股にかけて二重のファスナーがある。生地《きじ》は薄く、二ミリくらいか。

表面は光沢のある白で、胸にSSA（ソロモン宇宙協会）のロゴ、その下に十カ国語で『宇宙飛行士モリタ・ユカリ』とプリントされている。地球上のどこに不時着してもいいように、という配慮らしい。

「さ〜脱いで脱いで。パンツもブラも全部とる」

言われるままに裸になる。

宇宙飛行士になって以来、ゆかりは毎日のように素っ裸にされた。そして各種の装置を突っ込まれ、体の中も外も洗いざらい検査される。プライバシーも何もあったものではないが、そんな扱いにもゆかりは慣れはじめていた。

宇宙服はゆかりの体を断面で三パーセント縮小して成形されていた。四肢を通すと、生地はぴったりと肌に張りつき、以前さつきが言ったとおり「第二の皮膚」のようだった。

肌に密着しないのは、首から上と、股間の採尿装置だけである。これは生理ナプキンを大きくしたようなもので、固体のほうは処理できない。

腰にはコネクターがあり、そこから生地に埋め込まれたヒーターに電力を供給する。ほかに体温や筋電流などを測るセンサーの端子もあった。

首の周りにはヘルメットをはめ込むリングがあるが、ヘルメットはまだ未完成だった。

「手足動かしてみて〜。少〜し突っ張ると思うけどぉ」

「ちょっとね」

「操縦席に座った姿勢が一番楽になるように設計したの。でも不自由じゃないでしょぉ？」

「うん――でもなんか、胸が無防備な感じ。ブラつけちゃだめかな」

「皮膚に密着してないとダメ〜。つけるなら服の上かな〜」

それは避けたい……。

「でもなかなかキュートよ。SFアニメから抜け出してきたみたいだわ」

そばでさつきが目を細めて言う。

「知りたいのは強度とぉ、どれくらい連続着用できるか、なのねぇ」

素子が言った。

「かなり丈夫だけどぉ、ベースはシリコンゴムだから岩で何度もこすれば破れるねえ。あ〜だけど真空中で破れても中に空気がないから、風船みたいにはじけたりはしないよ〜」

「ふーん」

「着用時間のほうは、二、三日ぐらいは平気だと思うけどぉ、つらくなったら脱いで皮膚を空気にあてたほうがいいかもね〜」

「でも、できるだけ我慢するようにね。テストなんだから」さつきが言い添える。

「今からこれのテスト？」

「そそ。野外でね、泊りになると思う」

「じゃ、学科と慣熟訓練のほうは……」

「お休み」

「やたーっ！」

ゆかりは遠慮なく喜びを表現した。

「嬉しそうね。じゃ、飛行場に行こっか」

「飛行場？」

「そそ♡」

ACT・2

ゆかりを乗せたヘリコプターHSS-2は、急速に高度を上げていった。

開け放ったスライディング・ドアからの視界はみるみる広がり、翡翠《ひすい》のように輝く珊瑚礁の先に、遠くマライタ島まで見渡せる。

宇宙服を着たゆかりは、肩に銃を吊り、パラシュート・ハーネスでがんじがらめにされていた。

隣で黒須が言った。

「パラシュートは自動的に開傘《かいさん》する。降下方向は両肩のケーブルで変えられるが、下手に触らんほうがいい。木に着地する時は脚を組み、両手で顔を覆え」

「胸はどうすんですか。ここ、ぶつけるとすっごく痛いんですよ?」

「なら顔か胸か好きな方を守れ。降りたらまず銃を点検しろ。そして地形を把握しろ。迷ったら沢に降りず、稜線に登れ。訓練で習ったとおりにやればいい」

「撃ち合いばっかやってた気がするけど……」

「それが基本だ。あとは野となれ山となれだ」

いきなりの、単独踏破訓練であった。

これからゆかりは、空中にほうり出され、ジャングルからたった一人で生還しなければならない。無線もなく、食糧は一日ぶんしかない。

だが、ゆかりは悲鳴もあげず、命令に従った。首脳部の計算どおり、この一週間の猛訓練とストレスの蓄積が恐怖を麻痺させていたのだろう——あるいは、単なる度胸だったのかもしれないが。

高度一千二百メートル。

ナスカの地上絵のように見えていた基地が遠ざかり、眼下は鬱蒼《うっそう》としたジャングルになった。

「そろそろだ。準備しろ」

「はあい」

ゆかりはシートベルトを解き、ドアの縁に立った。風が冷たい。

すぐ下を、小さな雲が横切った。

「今だ、跳べ！」

「たあっ！」

ゆかりは空中に身を躍らせた。

一瞬の無重力状態。

すぐに軽い衝撃があり、頭上でパラシュートが開いた。スクエア型の、前進して揚力を生むタイプである。

ヘリはもう遠ざかり、着地まで見届ける様子はない。

ぶらぶら揺れる足の下に、ゆっくりと大地が迫ってきた。

いや、思ったほどゆっくりではない。

樹冠に落ちた影を見る限り、少なくとも秒速十メートルで流されている。

降下するにつれ、不規則な動揺が大きくなった。そしてパラシュートは、突然ぐらりと傾いた。針路が一変し、深い、真っ暗な谷間のひとつに向かう。

「あ……」

谷の片側、緑に覆われた急斜面が迫る。

どんどん迫る。

「ちょっと……このままじゃ……」

方向転換しなきゃ、と思ったが、操縦方法が思い出せない。

「こらっ、そっちじゃない――こらっ!!」

じたばたして、どうなるものでもなかった。

ゆかりはジャングルに正面衝突した。

樹木は、遠目に見るほど柔らかいものではなかった。

ACT・3

「そうか。素直に飛び降りたか」

黒須の報告を聞くと、那須田は顔をほころばせた。

「一応タリホ族のテリトリーに落としましたが、着地は確認してません。脚の一本も折ったかもしれませんが、それも訓練のうちですから」

「可哀そうだがそういうことだな」

「まあ、この試練を乗り切れば、だいぶ楽になるでしょう」

黒須は言った。

「筋はいいですよ、ゆかりは。トリガーを絞るとき力みませんから」

「ほう、そうかね」

「意外なもんですが、ああゆう冷静さってのは、女の才能じゃないですかねえ」

「かも知れんな……」

那須田は腕を組んだ。

「わしもゆかりが一週間でここまで伸びるとは思わなかった。実のところ、今度の計画だけじゃなく、以後も実働要員に使えないかと思ってな」

「野郎を積むとペイロードが百キロ減ですからね。ゆかりが使い物になりゃ、他のは馬鹿らしくてやってられませんや」

「うむ。ただあれ一人ではな。バックアップ要員に最低あと一人、同じサイズの娘が見つかりゃいいんだが……」

そううまくは運ぶまい、と那須田は思った。公募すれば見つかるかも知れないが、それではマスコミが騒ぎ、世論が足枷《あしかせ》になる。

「御苦労だった。さがってくれ」

「それでは」

黒須が退室すると、那須田はしばらく物思いにふけった。それからふと、机の上で薄く塵をかぶっていた写真に目をとめた。

ゆかりの父の写真だった。

「こいつもなあ。新婚旅行でいきなり失踪するとは迷惑な奴だ……」

手にとって、しげしげと眺める。

「……ん？　この顔は……」

那須田の顔色が変わった。

「なんてこった！　こりゃ、奴じゃないか！」

事は急を要した。

ここで父親が見つかってしまっては、ゆかりが宇宙飛行士をやる理由がなくなる。

那須田は急いで電話を取った。

ACT・4

「うーん……」

目を開くと、そこは太い枝の上だった。
全身がズキズキ痛む。
ゆかりはゆっくりと、手足を動かした。
どこも折れていない。
周囲は樹、樹、樹……。
ゆかりは身を起こそうと、そばの小枝に手を伸ばした。
ぐにゃ……。
蛇だった。
「だあああああっ!!」
後先考えずに、ゆかりは枝を飛び降りた。
どさどさどさ。
「痛ててて……もーいや！」
ゆかりはしばらく座り込んでいたが、やがて立ち上がった。
ハーネスを解き、糧食やサバイバル・キットの入った小型の背嚢《はいのう》を背負う。
ショルダーホルスターの拳銃を抜いてあらためる。
異常はなさそうだ。
宇宙服も破れていない。ちょっと暑苦しいが、我慢できないほどではない。

「確か、尾根の北側に落ちたんだよね……」

ゆかりはコンパスで方位を確認した。

地図を見ると、それらしい谷が二、三ある。このまま谷ぞいに降りてゆけば海岸に出られそうだった。

迷ったら稜線に登れと言われたが……。

「まだ迷ったわけじゃないもんね」

ゆかりは下りのルートを選んだ。

気分は少し持ち直してきた。

久しぶりの解放感である。

ここにはもう、自分を責めさいなむ教官はいないのだ。

ゆかりは深呼吸した。

「ヨー・レリホ〜♪」

……などと歌ってみる。

そして周囲の光景に、目を惹きつけられた。

折り重なって混然一体となった樹木、苔《こけ》、蔓《つる》、色とりどりの花。

乳白色の木漏れ日のカーテン。そのなかをとびかう鳥や蝶。

森は生きており、そして眠っているようにも見えた。

「これが熱帯雨林ってやつかあ……」

少し恐かったが、ゆかりは歩き始めた。

ACT・5

そろそろ正午。戦闘糧食でランチにしようか、と思い始めた頃――。
がさっ。
右手の繁みの奥で物音がして、ゆかりははっと立ち止まった。
息を殺し、耳をすませる。
脳裏に、黒須の言葉が響く。
撃たれる前に撃て。
ゆかりはゆっくりとコルト・ガバメントを抜き、両手で構えた。セイフティ解除。
「ふ……フーアーユー？」
蚊のなくような声で言う。
応答なし。
なおも身を硬くしていると、三十メートルほど先で、また物音がした。

さっきより、遠ざかっている。

しかし、遠巻きにこちらを狙っているのかも知れない。正体をつかまなくては。

ゆかりは銃を構えたまま、前進した。

と――。

がさっ。

突然、目の前の繁みが揺れた。

ゆかりは度肝を抜かれた。

「だ、誰っ!! 動くなっ! フリーズ!!」

「マツリだよ」

「え?」

思いがけず、日本語が返ってきた。いや、そう聞こえただけかも知れないが――。

がさがさと繁みが二つに割れ、銃口の前に現れたのは――ゆかりと同じくらいの背格好の娘だった。

肌理《きめ》の細かい小麦色の肌に、くせのない長い黒髪を垂らしている。

肌を覆うものは腰蓑《こしみの》と胸飾りだけ。

そのかわり、アクセサリーは豊富だった。獣の牙や貝殻など、各種天然素材をあしらって手足や首のまわりをカラフルに飾っている。呪術的な意味でもあるのだろうか。

少女は細長い槍を釣竿《つりざお》のように肩に背負い、その先に獲物――フクロタヌキ――をぶらさげていた。狩りをしていたらしい。

「あ、あの――」

「こんちわ。見ない顔だね」

マツリと名乗った相手はそう言って、にっと歯を見せて笑った。

奇妙なアクセントだが、やはり日本語である。大きくて黒い、猫のような瞳に好奇心をたたえて、こちらを見ている。

「私、森田ゆかり……といいますが」

「ゆかり。この先、毒蛇がたくさんいるよ」

「げっ、そうだったの」

「うん」

いきなり重要情報を教えられた。

ゆかりは我に返って、銃を戻した。

「えと、マツリはこのへん、詳しい？」

「なんでも聞いて！」

マツリは嬉しそうに言った。

「私、ソロモン宇宙基地に帰りたいんだけど、わかるかな」

「花火上げるとこね。近くだけど、いちど後ろ向きに行かないとね」

「あ、そう……」

「おしえるから行こ」

マツリは先に立ってすたすた歩き始めた。

猫のような身のこなしだった。長い脚が、たくみに足場を選びながら、どんどん体を運んでゆく。

ゆかりは小走りに、後を追った。

「あ、ちょっと待って」

「ほい。慣れてないね、ゆかりは」

「うん」

「慣れてないとたいへんよ。ときどきアントゥロポロジストが来るけど、みな苦労してるね」

「アントロ……人類学者?」

「そう言ったかな。日本語あまり知らない。英語でいく? ケニュウ・スピーキングリッシュ?」

「イエス……でも日本語のほうが」

「そお。ゆかりはワントクね」

マツリはまた、にっと笑った。

「日本人はワントク。酋長が言ってた」

「ワントクって？」

「ワン・トーク。ひとつの言葉。でもこれはピジン・イングリッシュ。モノ・リンギュアル・ピープルズが正しいね」

「あ、そう……」

この、槍持った裸足の子がバイリンガルなのか？　と、ゆかりは思った。地の言葉をいれると三カ国語話すのだろうか？

「ね、マツリ」

「ほい？」

「マツリは日本語、どこで習ったの？」

「酋長に習ったよ」

「へえ。酋長って物知りなんだ」

「うん、酋長はなんでも知ってる」

「ふーん……」

「酋長に会う？　楽しいよ。近くにいる」

「そうだなあ……」

親日家の酋長なら、父のことを知っているかも知れない。首狩り族だったら困るが——

マツリを見る限り、とてもそうは思えない。

いざとなったら、銃もある。

「じゃあ、そうする」

「わお！」

マツリは喜色満面でとびあがった。

「こっちこっち！」

「あ、ちょっと待って」


マツリを追って、じたばたとジャングルを走ること半時間。

急に、ぽっかりと開けた場所に出た。

数軒の高床式の小屋と、物見櫓《ものみやぐら》。広場の中央でちょろちょろと燃える焚火《たきび》。木をくりぬいた、大きなトーキングドラム。

「うわ……」

あるいはもうちょっと、文明的かと思っていたのだが……まるでメルヘンの世界である。

マツリは広場を横切り、小屋のひとつに登った。

「とうちゃん、とうちゃん、お客さんを連れてきた」

「おう、今日は日本語か、マツリ。上がってもらいなさい」

中からそんな声がした。

これまた、流暢《りゅうちょう》な日本語である。ほとんどネイティブと言ってもいいぐらいだ。

とうちゃん、と呼ぶところをみると、マツリは酋長の娘なのだろうか？

「ゆかり、こいこい」

マツリが粗末なベランダから手招きする。

「うん」

ゆかりは丸太の梯子を登って、小屋に入った。扉はなく、バナナの葉のカーテンがあるだけである。

「おじゃましまーす」

中は真っ暗だった。

目が慣れるにしたがって、様子が見えてきた。椰子《やし》の繊維を編んだ敷物、同じ素材の籠、素焼の壺、大きな丸石、貝殻の飾り物……

手前にマツリがあぐらをかき、その奥に、筋骨たくましい、髭ぼうぼうの男が、やはりあぐらをかいていた。

新興宗教の教祖みたいだな、とゆかりは思った。

「はじめまして。森田ゆかりと申します」

「やあどうも。これは奇遇だなあ……」

柔らかな物言いで、酋長は応じた。

「奇遇といいますと？」

「いやな、わしも森田というんでな」

「森田……さん？」

「そう。タリホ族酋長、森田寛」

ゆかりは凍りついた。

父の名であった。

ACT・6

ゆかりは改めて、相手の顔を凝視した。

この顔は――肌は陽に焼け、髪も髭も伸び放題だが……！

ゆかりの体に震えが走った。

「念のために聞くけど――」

「うん？」

「奥さんの名前は」

「えーと、トトにオニケ、パパイト、ルンジア、カアヴェ……」

酋長は指折り数えた。

「それからレビ、ツプア、マナエン、ワリケ、トングア、カウア、ファウラ、レニケ、キヴァナミュア、コイナ、ラキキ……あと十人ぐらいいると思ったが」

「そっ、そーゆーのじゃなくて、日本で結婚したかと聞いてるの！」

「日本でか。おー、やったやった。えーと、ヒロコだったかな」

「博子……」

間違いない。

目の前にいる男こそ、実の父であった。

「私、森田博子の娘の、ゆかりです」

「そうか。ヒロコさんも再婚したか」

「あなたとの間にできたんですっ！　新婚初夜の大当たりで！」

「おーそかそか。よく来たなあ、娘よ」

「よ……よく来たなあ？」

ぷっつん。

ゆかりは切れた。

「言うことはそれだけ!?　妻と娘をほうりだして、こっ、こんなとこで今まで何やってたのっ!!」

「だから酋長」

「どうして!?」

「話せば長いんだがな……」

「じゃ、新婚旅行でガダルカナル島に来たその夜、何があったの!?」

「ああ、あの夜か……憶えとるぞ」

酋長は遠い目になった。

「ホテルでヒロコさんと初夜をすごしてだな、そのあと、ふと窓の外を見ると」

「……うん」

「月が出ていてきれいだったんで、ちょっと散歩することにしたんだ」

「一人で?」

「ヒロコさんは眠いと言ったのでな。で、ホテルを出て浜辺をぶらぶら歩いた」

「それで?」

「青い月夜というのだなあ……波がしらが白く光って、そりゃあもうおとぎの国みたいな眺めでな」

「描写はいらない」

「ふと気がつくと、一隻のカヌーがこちらに漕ぎ寄せるところだった。それで、わしはそのカヌーに乗って、まる二日ほどかけてこのアクシオ島に渡った」

「ちょおっと待った！」

ゆかりは制止した。

「カヌーに乗った動機はなんなのよ？」

「そのへんがわしもよくわからんのだが」

「わからんって、あのねえ――」

「カヌーの男たちといっしょに村に来たら、酋長が出てきてな、お前を待っておった、と言うんだな」

「？？？」

「酋長が言うには、村の魔法使いに頼んで、わしを魔法で呼んだのだそうだ」

「ま……魔法だあ⁇」

「ほれ、こういうタリホ族みたいな少数民族は近親婚で衰退するだろ？　だからわしみたいな他所者《よそもの》を呼んで、新しい血を混ぜるしきたりがあるんだな」

「私が聞きたいのは、魔法ってなんなのかってこと！」

「わしもわからん。トトの専門でな。ああ、マツリはトトが産んだ子だから、わしより詳しいぞ。なあ？」

「なんでも聞いて」

マツリはにっと笑った。

「じゃー聞くけど、魔法ってどんなのよ」

「広場で草をいぶしてね、魔法使いが祈りの言葉をとなえる。みんなはまわりで酒を飲んで一晩踊りあかす。楽しいよぉ。それから」

「もおいいっ!!」

ゆかりは立ち上がった。

「たくさんだわ。さ、今すぐ荷物まとめて日本に帰りましょ」

「わしが？」

「当然！　妻子をおいてこんな島で遊んでていいわけないでしょ！」

「いや、遊んでるつーわけでもなくてな。これでも酋長だから、近隣の部族と交流したり戦争したりしなきゃいかんし」

「そもそもの間違いを正すべきでしょ!!　おかげで私、生まれた時から母子家庭だったんだからね。おまけにこんな島まで来てえらい目にあって」

「ふむ。そういやさっきから気になってたんだが、その服はなんだ？　ソロモン宇宙協会・アストロノーツって書いてあるが」

「だから、話せば長いけど、父さんを探すために宇宙飛行士のバイトしてるんだってば」

「ほほう。そりゃいい仕事だなあ」

「とんでもない！　おかげでこの一週間地獄だったわよ。でもそれもおしまい。さ、一緒に帰ろ。帰って母さんに謝るの」

「それはいかんな！」

酋長は急に強い口調になった。

「いかんって何がよ」

「たとえアルバイトであれ、引き受けた仕事を途中で投げ出すのはいかん。そんな無責任は許されん」

「新婚旅行で脱走した人が、そーゆーこと言うわけ!?」

「それはそれ、これはこれだ」

「あのねえ」

「わしゃ、これでもコンピュータのセールスエンジニアやってたから知ってるんだが、プロジェクトの途中で人が抜けるとえらい迷惑なんだ。その服だってオーダーメイドだろ。一着つくるのに何百万もかかってるはずだ。ましてやロケットとなりゃあ」

「ええい、問答無用！」

チャッ。

ゆかりはガバメントを抜いて構えた。

「日本に帰らなきゃ撃つっ！」

「おいおい」

酋長はパタパタと手を振った。

「おまえ、何やってるのかわかってんのか？」

「わかってるわよ！」

「いーや、わかってないない」

酋長は笑みを浮かべて言った。

「おまえ、わしに最初の家庭に戻れって言ってるわけだろ？」

「そおよ」

「平和でまっとうな家庭を取り戻したい、そうだな？」

「そーゆーこと」

「その家庭ってのは、銃で脅して維持するもんなのか？」

「それは……」

思わぬところで、ゆかりは返答に窮した。

「なあ、こうしようじゃないか、娘よ」

酋長は言った。

「おまえが宇宙飛行士の仕事をやりとげたら、わしも潔《いさぎよ》く日本に帰ろう。帰ってヒロコさんに土下座でもなんでもして謝ろうじゃないか」

「……」

なにか、釈然としない。

「わしだって、今じゃタリホ族三百人の暮らしを守る責任があるんだ、いきなり帰るってわけにもいかん。今の提案なら、おまえが宇宙飛行士やってる間に引き継ぎの準備もできるだろ？」

「そりゃ、そうかもしれないけど……」

「ヒロコさんだけどさ」

酋長はアプローチを変えた。

「わしに今すぐ帰ってきてほしいって言ってた？」

「そう、思ってるはず」

「はっきり言ったか？」

「はっきりは言わなかったけど」

不承不承、ゆかりは認めた。

「だろ？　急ぐことはないわけだ。な、これで決まりだな？」

「ほんとに、私が宇宙飛行士のバイト終えたら日本へ帰るの？　約束する？」

「約束するとも」

「日本は文明世界なんだからね、ちゃんと身だしなみを整えて、定職について、給料は家の口座に振り込まなきゃだめよ」

「もちろんだ」

「母さんと私の誕生日にはプレゼント買わなきゃいけないし」

「おやすい御用さ」

「絶対約束だからね。破ったら殺すよ」

「一命にかけて守るとも」

「……」

ゆかりは銃をホルスターに戻した。

酋長は姿勢をくずし、伸びをした。

「あー、久しぶりにたくさんしゃべったら腹へったなあ」

酋長はマツリの獲物に目をとめた。

「お、フクロタヌキじゃないか。外で丸焼きにしてみんなで食おう」

「うん」

マツリは獲物をつかんで立ち上がった。

それから、ゆかりのほうを向いて言った。

「いっしょに食べよう、姉ちゃん」

ゆかりはどきりとして、マツリの顔を見た。

ACT・7

焚火のまわりには酋長とゆかりと、勝手に集まってきた村人数名が車座になっていた。

「ほい。だいぶ焼けてきたね」

マツリがそう言って、肉汁のしたたり始めたフクロタヌキをひっくり返した。

「……」

ゆかりは平らな石の上にすわって、じっとマツリを見ていた。

突然、降って湧いた異母姉妹であった。

あきれたことに、通算三十人もの妻を持つ酋長のことである。兄弟の数はその数倍になるはずだが――ゆかりにとって、マツリは特別だった。

マツリは酋長の子供の中でも最年長だという。誕生日など記録されていなかったが、ゆかりよりほんの一、二カ月後に生まれたらしい。つまり同い年の妹になる。

「うまそうに焼けた。ほれ、ゆかり」

マツリが肩ロースのあたりを一切れ裂いて手渡す。

奇妙な匂いのする肉を嚙みながら、ゆかりはなおもマツリを観察し続けた。

実は、年齢などより、もっと気になることがあった。

「どした？　ゆかり」

「……あのさ」

ゆかりは聞いた。

「マツリって、自分の体重わかる？」

「タイジュウ？　ああ体の重さね。軽いよ」

ここに体重計などありそうもないが……。

ゆかりは立ち上がって、マツリの前に立った。

「ほい？」

「まっすぐ立って。背筋伸ばして」

「ほい」

マツリのパチクリした目に視線を合わせると、わずかに見上げる格好になった。マツリのほうが一、二センチ高いらしい。

これなら許容範囲だ、とゆかりは思った。

そして、視線をおろしてゆく。


「うん……あちち」

う、でかい胸……。

ゆかりは一瞬眉をひそめた。だが、そこから下は急カーブを描いて細くくびれており、超過重量を相殺《そうさい》している。

腰は豊かに張っていたが、長い脚は細くひきしまり、贅肉はまったくない。

プロポーションでは完敗だが、トータルすると、身長・体重ともほとんど同じではないか……？

生まれてこのかたジャングルを駆け回っているのだから体力も満点、サバイバル訓練の必要もない。そのうえ英語も日本語も堪能だ。

つまり、自分が宇宙飛行士に適任というのなら、マツリはもっとふさわしいのではなかろうか――。

ゆかりはそう考えたのだった。

父との約束を果たすには、無責任な形で宇宙飛行士を辞めなければいいのだ。ならば、同じ背格好の娘を代役に差し出して、自分は引退してもいいだろう。引退して、すみやかに父を連れて日本に帰るのだ。

悪魔のような考えではあったが――いや、あの地獄のような訓練も、マツリなら平気でこなすはずだ。これぞ適材適所、みんなハッピーというものではないか。

「あの、父さん……」

ゆかりは言った。

「おう?」

「私、これから基地に帰るけど、マツリに道案内してもらっていいかな?」

「おう、いいとも」

「それで——基地に着いたら、マツリを案内して、日本の科学技術をいろいろ見せてあげたいなあ、とか思うんだけど」

「そりゃいい。いろいろ見せてやってくれ。なあマツリ」

「わお。そりゃいい!」

「じゃ、マツリがしばらく滞在してもかまわない? 私も、同じ年頃の話相手がいるとはげみになるし」

「好きなだけいればいいさ」

「ほんと? うれしいな。ね、マツリ」

「うんうん」

「じゃ、さっそくだけど、行こうか?」

「そだね。いこいこ」

「それじゃ父さん、約束守ってよね」

「ああわかった。じゃ気をつけて行ってきなさい」

二人の娘が村を出るのを見届けると、酋長は小屋に戻り、壁ぎわにある、竹を編んだ籠の蓋を開いた。

中に、電話機があった。

酋長は受話器をとり、短縮ボタンを押した。

ピ・ポ・パ……

「あーもしもし宇宙基地？　タリホ族ですが、所長さんを……。あーどもども！　ゆかりですがね、やっぱり来ましたわ……ええ、うまいこと言っときましたんで……はいはい、いえいえこちらこそ……煙草と薬のほうよろしく……いえ、ペニシはまだあるんですがね、蚊よけが切れてきましたんで……え、ブニケ族？　まだ怒ってますよぉ。あの連中はしつこいです……だってあなた、滑走路建設で連中の熱帯林全部切っちゃったでしょ。来週あたり一度襲撃しときましょうか？　しばらくおとなしくなると思いますがね……いえいえ……ああそうだ、ゆかりですが、うちの娘が案内してますんで明日には着きますわ……ではではよろしく」

ガチャッ。

ACT・8

マツリは「近くだ」と言ったが、基地まで直線距離でも十五キロあり、ジャングルを横断する五キロだけで一日半かかった。

しかし、海岸に出てからは早かった。

二日目の午後になると、岬の向こうから基地が見え始めた。

ゆかりの心は浮き立った。これで訓練からは解放され、父を連れて帰国できるのだ。われながら、たいしたものではないか。

朝食の間、マツリが作ってくれた花環を頭にのせて、ゆかりは上機嫌で歩いた。心配された宇宙服も、いたって快適である。

ソロモン宇宙基地の正門をくぐると——望遠鏡で見ていたのだろうか——所員が勢ぞろいして待っていた。

「どもども、みなさん。森田ゆかり、ただいま帰還しましたーっ！」

おーっ！

パチパチパチパチパチ！

拍手と歓声が湧き上がる。

所長が進み出て言った。

「いやーゆかりくん、二日で帰還とは大したもんだな。心配して損したよ！」

「優秀なガイドがいましたから」

ゆかりは、マツリを傍らに引き寄せた。

「紹介します。この子、ジャングルで知り合った妹のマツリです」

「ほう……妹さん？」

「ども。マツリだよ」

ゆかりはマツリの横に並んで見せた。

「話せば長いんですけど――でも似てると思いません？　身長も、体重も……」

那須田は、はっとした顔になった。

「さつき君！」

那須田は医学主任を手招きした。

「この子の体重、いくつとみる？」

「体重ですか」

さつきの目がきらりと光った。

「三十八・五キロってとこですね」

「三十八・五キロ！　よし、サイズは」

「身長百五十七センチ、スリーサイズは上から八十五、五十三、八十四。――それから」

　さつきはつけ加えた。

「きわめて健康です」

「す、素晴らしい……」

　那須田の顔に歓喜の色が浮かんだ。

「検査を待つまでもないだろう。諸君、バックアップ・クルーの誕生だ！」

「バックアップ？」

　ゆかりはけげんな顔で聞いた。

「それってどういう……」

「本格的な有人宇宙飛行をやるには、予備の宇宙飛行士がどうしても必要なんだ。これで正副二名の宇宙飛行士が揃った！　しかもカプセルは同じ設計でいい。二人いれば、どんなミッションでもこなせるぞ！」

「よかったですね、所長」さつきが微笑む。

「あの、じゃ私は……」

「心配することはない。君は先任だから初飛行の栄誉は君のものさ！　こうなったら半年といわず、三年ぐらいやってもらおうか！」

「いや、それは──」

「いやあ大丈夫、君のお母さんなら絶対許してくれるさ！　それどころか、あの人なら

『みっちり三年やらなきゃ家に入れたげない』なんて言うかもなあ！——わっはっは！」

ゆかりの顔に、痙攣《けいれん》がさざ波のようにひろがってゆく。

「マツリ君、きみ、姉さんといっしょに宇宙飛行士やるよな？」

「わお！　やるやる！」

「は……はは、は……」

陽炎《かげろう》の立つ白い地面に、くたくたと座り込むゆかりだった。

第四章　恐怖の逆ダイエット

ACT・1

「ゆかり、朝だよ」

「う～～ん」

「ゆかり、起きよう。ほれほれ」

重い目蓋《まぶた》を押し開くと、視野一杯にマツリのにこにこ顔があった。

「う……」

「時間だよ。さつきに叱られる。ほれほれ」

マツリの手が両頬に伸び、つねりあげる。

「痛い痛い痛い！　わかったわかった！」

きわめて不機嫌に、ゆかりは目覚めた。

時計を見ると――「げっ、もう六時五十分！」

ベッドの下段から飛び降り、トイレに入り、顔を洗い、歯を磨き、トレーニングウェアに着替える。これが毎朝の行事だった。

その多忙な五分間にゆかりが思うことも、いつも同じだった。

どうしてこいつは、朝からこんなに機嫌がいいんだ……？


バックアップ・クルーとして腹ちがいの妹、マツリが採用されて一ヵ月。

バックアップ・クルーは、単なる待機要員ではない。メイン・クルーの飛行中は、ずっと地上から無線支援を行なう。全く等しい訓練を受けるバックアップ・クルーほど、相手の事情に通じた者はいないからである。

そのチームワークを育《はぐく》む、というおせっかいな配慮で、二人は相部屋になった。

一緒にいても気をつかうような相手ではなかったが――遺伝子の半分が共通しているにもかかわらず、この陽気な少女ターザンのふるまいには戸惑うことが多かった。

宇宙飛行士のトレーニングは、朝七時から始まる。ジムでストレッチ運動をひととおりこなしたあと、海水を取り込んだプールで四百メートル泳ぐ。マツリは平気な顔でこなすが、低血圧のゆかりにはかなりきつい。

八時になるとようやく朝食にありつけるが、この時は空腹というより飢餓状態である。その朝食も宇宙飛行士用に調整されたもので、ココナツミルクとフルーツ、それにトースト一切れという、満腹にはほど遠いものだった。

八時半から指導教官とブリーフィングし、九時から訓練が始まる。午前中は学科講習で、肉体を酷使する慣熟訓練は午後からになる。慣熟訓練ではシミュレーターや遠心機、振動を再現する加振装置、三次元のあらゆる方向に回転するマルチアクシス・トレーナーなどに乗せられ、もみくちゃにされる。

午後六時に訓練を終え、シャワーを浴び、夕食をすませると八時。マツリの面倒をみながら予習・復習をしていると、あっというまに十二時になる。

結局、二人は二十四時間、べったり行動をともにしているのだった。


この日は、朝からメインブースターの地上燃焼試験があった。

開発の節目になる重要なテストなので、宇宙飛行士の二人も立ち会うことになった。

管制室にはオペレーターが十人あまり、それにチーフエンジニアの向井博幸と燃料担当の三原素子がいた。前夜から作業をしていたらしく、部屋にはどんよりした徹夜明けの空気がたちこめている。

「おはようございまーす」

「おはよう、お二人さん。どうにか始められそうだよ。君らを打ち上げるブースターだから、よーく見といてくれな」

不精髭をはやした向井はそう言って、窓の外を指さした。

分厚い防弾ガラス越し、二キロ先の海岸に噴射試験台が見える。コンクリートむき出しの無骨で頑丈そうな建造物で、どことなくパリの凱旋門に似ていた。

門の上部にはロケットの一段目が固定され、その周囲に四層の足場が築かれている。アーチの下は噴射の排出口で、厚くコンクリートで固められていた。

「作業員、退去完了しました」

オペレーターの一人が言う。

「よし、秒読み再開」

向井が指示すると、正面の大きなデジタル時計が動き始めた。

「二十秒前。全装置記録開始」

ラックに収まったペンレコーダーがいっせいに紙を送り始める。

「秒読み続行」

「LOX圧力正常」

「……四、三、二、一、点火！」

試験台から、ミルクのような煙の柱が真横に走った。

噴煙は一瞬で数百メートルに達し、入道雲のように湧き上がってゆく。

それから、爆音がガラスを震わせた。

「十五、十六、十七……」

噴射はなおも続く。

その時、突然ベルが鳴り、コンソールの赤色灯が点灯した。

「LOXインジェクター、過熱警報！」

オペレーターが怒鳴った。

「LOXカット！」向井が叫ぶ。

「バルブ作動しません！」

「冗長系全部閉鎖！」

「制御不能！」

「温度上昇中！　危険です！」

「ばかな！」

向井は青ざめ、うわずった声で叫んだ。

「まさか素子さん、燃料に何か混ぜた!?」

「触媒をちょっとね〜〜。よぉく燃えるよぉ……言わなかったかなー？」

「きっ、聞いてないっ!!」

直後——オレンジの火球が噴射試験台を包んだ。

バリバリバリ！

衝撃波が管制室を襲い、棚の書類がいっせいに空中に飛び出した。

「わっ！」ゆかりは尻もちをついた。

再び外を見ると、赤黒い、巨大なきのこ雲が立ち昇ってゆくところだった。噴射試験台の上部は、跡形もなく吹き飛んでいた。

しばらく誰も口をきかなかった。

それから、隣で手を打つ音がした。

「わおー、すごいすごい！　ねえゆかり、すごかったねー！」

とび上がってはしゃぐマツリに、ゆかりは低い声で言った。

「あんたさ……自分の状況わかってる？」

「ほい？」

「私たち、アレに乗るんだよ？」

「大丈夫、大丈夫。うまくいく」

「あのねえ……」

未開人の頭の中はわからないが——。

ゆかりは思った。

自分は、まっぴらごめんだ。

あんな代物の上に座って、吹き飛ばされるのを待つのは。

死者が出ればこの計画も打ち切りになるだろうが――ゆかりはメイン・クルーである。

最初に飛ぶのは、ゆかりなのだ。

ACT・2

ゆかりはさつきと二人きりになった機会をとらえて、そのことを尋ねてみた。

「メインとバックアップの評価基準？」

「うん。今んとこ私がメインってことになってるけど、マツリと入れ替わることだってあるよね？」

さつきは、ほう、という顔になってゆかりを見返した。

「まあね」

「いっしょに訓練してて思ったけど、マツリのほうが優秀じゃないかな。体力あるし、反射神経いいしさ」

「確かに運動能力では全般的にマツリが勝ってるけど——でも学科がちょっとねえ」

「けど、あんな未開生活してたくせに分数の割算ができるし、憶えもいいし」

「でも日本の女子高生のレベルにはまだまだ届かないわね。木下氏、最低でも微積分はマスターさせる気でいるし」

「微積分なんて、私だってわかんないよ」

「心配？」

「え？」

「マツリに抜かれるの、心配なんだ」

「そ、そんなことないってば！」

内心と正反対の解釈をされたので、ゆかりは狼狽《ろうばい》した。もう少しこちらの気持ちがわかっていると思ったが——。

さつきはにっこり笑って言った。

「大丈夫だって。ゆかりちゃんのほうが体重、一・五キロも軽いからね。これだけでもぐっと有利よ」

「体重って、そんなに響くの？」

「ま、ロケットの性能がぎりぎりだからね。軌道一周する前に落ちるようじゃ宇宙飛行とは言えないし、落下地点がわからないとなると、安全性が全然ちがってくるもんね。学科と身体機能が基準を満たしていれば、あとは体重で決まるってとこかな」

「ふーん……」

さつきは時計を見た。

「もう昼ね。言っとくけど、痩せたいからって昼食を残したりしちゃだめよ」

「しませんて」


食堂のいつもの場所に行くと、マツリは先に来て食べ始めていた。

今日のアントレはブロッコリーとポークチョップ。もちろん宇宙飛行士専用メニューである。

「マヨネーズっておいしいねえ！」

大口をあけてブロッコリーをのみこむマツリを眺めながら、ゆかりはまだ、さっきのことを考えていた。

学科や訓練をサボれば、評価が落ちてバックアップにまわされるかもしれない。

しかし、訓練はすべて「進歩しなければ、するまで繰り返す」式のものだった。サボっていては同じことをえんえんと繰り返す羽目になるのだ。掘った穴をまた埋めるような仕事をするなら、宇宙の藻屑《もくず》になったほうがまだましだ、とゆかりは思う。

それに、訓練を故意にサボったら父に報告するとも言われている。父——あの酋長に、日本に帰らない口実を与えるのだけは、絶対に避けたい。

となると……やはり体重である。

体重があと一・五キロ増えれば、マツリと同じ条件になる。三キロ増えれば大逆転とみていいだろう。

「逆ダイエットか……」

「ほい？」

テーブルの向かい側で、マツリが目をパチクリさせた。

「いや別に」

少しして、ゆかりは聞いた。

「……マツリさあ、その食事で満足？」

「うん！　おいしいよ」

「味じゃなくて量」

「もっと食べたいねえ！」

「……そーだよね」

腹ぺこなのはマツリも同じなのだ。

その卵、私にくれない？　と言う用意があったのだが、さすがに文明人のプライドが許さなかった。

マツリの食べ物を奪わないとすれば、こちらでなんとかするしかない。

栄養摂取量は一日二千七百五十キロカロリーと決められている。蛋白質ならわずか八十五グラムである。

さつきはこれを厳格に守り、規定を一カロリーたりとも越えないことを周知徹底させてきた。

もちろん間食など厳禁である。

購買で菓子を買うことも、人から譲ってもらうこともできなかった。

休日は外出が許されるが、わずらわしくも保安部のガードマンがつきそう。

なにしろ自分たちの体重に計画の成否がかかっているのだから、基地側も必死なのだ。

やるとなったら命がけだぞ……。

ゆかりはチャンスを窺った。

ACT・3

九月最初の土曜日の夕刻だった。

訓練を終えたゆかりは、さつきとともに事務所に残って報告書を書いていた。

マツリは教室で補習授業を受けている。

そこへ、向井が顔を出した。

「さつきさん、みんなで天津飯店行って飲茶《やむちゃ》しようかって言ってますけど、どうします？」

「五分待てる？」

「ええ」

「じゃ行こうかな。……ん？　どうしたの、ゆかりちゃん、恐い顔して」

「私も行く」

「だめ。外食は厳禁よ」

「だって育ち盛りなんだもん、たまには少しぐらいオーバーしても――」

「だめと言ったらだめ！」

「そんなあ」

ゆかりは泣き顔をつくった。

「私……これでも一生懸命やってるんです。訓練きびしいし、数学も物理も電子工学もちんぷんかんぷんだけど……でも……お父さん、日本に連れて帰りたいから……」

ぐすん、とすすりあげ、目をこする。

「だけど、いつもおなかぺこぺこで、目まいがしそうなんです……他の人は食べたいだけ食べてるのに、私だけこんなのって……」

ゆかりは両手で顔を覆った。

さつきは、そんなゆかりをじっと見ていた。

「……わかったわ」

さつきはきっぱり言った。

「ならあたしも食べない。腹ぺこにつきあったげる。向井君、そういうことだからみんなで行ってきて」

「いやぁ……」

向井はポリポリとおかっぱ頭を掻いた。

「さつきさん、それじゃこっちも楽しくないですよ。……たまにはいいんじゃないですかねえ。育ち盛りなんだし、もともと痩せすぎなんだから」

「そんなこと言って、専門外のあなたに責任取れるの？」

「一キロやそこらなら、カプセルの軽量化でカバーしますよ」

「あらそう」

さつきは、ふっ、と笑った。

「甘いのね。いいわ、じゃあゆかりちゃん、今日だけ特別に外食を許す。ただしあたしの監督下においてだけど。いい？」

「はいっ！」

ゆかりは一転、喜色満面で答えた。

さつきは手早く机の書類を片付け、白衣を脱いでカーディガンをはおった。

「さてっと、じゃあマツリちゃんも呼ぶかな」

「え……」

「どしたの？」

「いえその、マツリはまだ補習が……」

「あたしから木下氏に頼めば、切り上げて宿題にまわしてもらえると思うけどな」

「でっでも、宿題よりは、やっぱり先生がついてたほうがいいんじゃないかな」

「あなたがマツリちゃんの立場だったら――」

さつきは言った。

「どんな気がするかな。おいてきぼりにされるって、ベソかいたのは誰だっけ？」

「……」

そんなわけで、向井、木下、さつき、素子、そしてゆかりとマツリは、黒須の運転するハマー軽トラックに乗って、一路サンチャゴ中華街をめざしたのだった。

ACT・4

天津飯店は喧騒に満ちていた。

飲茶の客は誰も彼も大声でしゃべる。中国語やピジン英語や日本語が飛び交うなか、テーブルの間をぬってせいろを満載したワゴンがゴロゴロ走り、食器がガチャガチャ鳴る。奥では売子と料理人が、まるで喧嘩のようなやりとりをしている。白熱灯の光に照らされた店内は、蒸した料理のほくほくする匂いがたちこめて、なんとも心地よい。

一行が店に入ると、張がめざとく見つけて出迎えた。

「いらっしゃいある、皆さん。あいやー、今日は嬢さんたちもいっしょあるか。しばらく見ないうちにたくましくなたあるなー」

言いながら、テーブルに案内する。

「ポーレイチャでいいあるか？」

「今日は減肥茶にしようかな。気休めだけど」

と、さつき。体脂肪を溶かすというのは迷信だが、いくらか利尿効果のある茶だった。

「ゲンピチャ。わかたある」

すぐに急須と小さな湯のみ、箸と小皿が運ばれてきた。

続いてチャイナドレスを着た娘がワゴンを押してやってくる。

「ハースイコウ、ハーガウ、どーですかあ」

強いなまりがあるものの、日本語だった。

「あ、斑麗《はんれい》ちゃん、ハーガウ二つ」

さつきが注文すると、斑麗と呼ばれた娘はせいろをテーブルに移しながら挨拶した。

「こにちわ。そちらは初めましてあるかな？」

「そうね。こちら張さんのお孫さんで斑麗。この二人は宇宙飛行士の森田ゆかりとマツリ」

「宇宙飛行士だたかー！」

斑麗は羨望のまなざしで二人を見た。

「皆よく噂してるあるよ。素敵あるなー」

「そーでもないけど……」と、ゆかり。

「それにしても燃焼実験、残念だたあるなー」

「北京ダックを食べそこねたわ」さつきが肩をすくめる。

「実験が成功したら、店のおごりで北京ダックがでるはずだったんだ」

向井がゆかりとマツリに説明した。

「それが、誰かさんのおかげでさ……」

そう言って、ジト目を素子に向ける。

「向井君のインジェクターがヤワなんだよぉ。内圧がちょっと上がったくらいで壊れるようじゃさ～」言い返す素子。

「ロケットにそんな冗長性持たせるわけにいかないよ！」

「素材を改良しようって発想はないかな～」

たちまち議論が始まる。

だが、二人の宇宙飛行士の視線は、テーブルの上で湯気をたてる料理に吸い寄せられていた。

ハーガウは小海老の入った蒸しギョウザである。すべすべした透き通るような皮がなんとも美しい。自分の小皿に移されたハーガウに、二人は目を輝かせた。

「わおー！」

「いただきまーす！」

一個ほおばると、口の中で海老がプツリとはじけた。ほのかな塩味が具ととけあって、口いっぱいにひろがる。

ゆかりとマツリは思わず顔を見合わせた。

「うまいっ！」

「おいしーねー！」

思わず涙ぐんでしまうほどの美味だった。

再び箸をくりだそうとする二人に、さつきが言った。

「一種一個にしなさい。そのほうがいろいろ味わえるでしょ」

神妙にうなずく二人。

さつきはワゴンを呼び止めては、比較的低カロリーの点心を選んだ。牛肉の蒸し団子、フカヒレのギョウザ、タピオカのプディング、杏仁豆腐などなど。

だが――

夢見心地で料理をほおばるうち、ゆかりはふと我に返った。

だめだ……。

このままではちっともマツリと差がつかないではないか。

だいたい、たまに外食したぐらいでころころ体重が変わるものではない。太りたければ、毎日ここに通うべきなのだ。

しかし、それは無理というものだ。となると……。

「ちょっと失礼」

ゆかりは席を立ち、そしらぬ顔で斑麗のワゴンに近づいた。

「ねえ斑麗」

「シーザアパイガ？」

「じゃなくて……自然が呼んでるんだけど」

「あー、こっちある」

斑麗はゆかりを店の奥に案内した。

「ちょっと中へ」

「うん？」

「ちょっと話があるの。ね」

「？？」

ゆかりは斑麗の手を引いてトイレに入った。

二人きりになると、ゆかりは空腹の悩みを手短に語った。

「あいやー、それは悲しいあるなー」

「でしょ？　それで、物は相談なんだけど、こっそり出前してくれないかなあ」

「デマエ？」

「料理を基地のほうへ運んでほしいの。毎晩夜遅く、誰にも見られないように」

「それはちと大変あるな……」

「一回三十ドル出す」

斑麗の目の色が変わった。

「どうすればいいある？」

「毎晩一時、基地のどこかに忍び込めないかな。ずっとフェンスで囲まれて、監視塔から見張ってるけど……」

「海から行くのはどうあるか？」

「そうか！　じゃ、基地の船着き場の西に小さな岩場があるの、知ってる？」

「あー、知ってるある」

「そこなら監視塔から見えないと思う。目印に、小さいライトを持ってるから」

「わかたある。料理は何がいいあるか？」

「甘くて脂っこい、カロリーがたっぷりあるやつ」

「甜點《ティンティム》あるな。わかた、まかせるある」

交渉成立。

ゆかりは何くわぬ顔で、席に戻った。

ACT・5

翌日、消灯後。

すー……すぴよぴよぴよぴよ……。

上のベッドから、マツリの気持ち良さそうな寝息が聞こえてきた。

時計の夜光針は零時半をさしている。

もう、大丈夫だろう。

暗がりの中、ゆかりはそっとベッドを抜け出し、Tシャツとショートパンツに着替えた。財布と支給品のペンライトをポケットに入れる。

音を立てないように窓を開け——そこは二階なので——配管をつたって地上に降りた。

青白い月明りの下、ざく、ざくと鳴る砂を気にしながら、ゆかりは海岸に向かった。

宿舎から少し離れると、監視塔が視野に入った。戦争映画にでてくるような、サーチライトの光条がゆっくりと動いている。

ゆかりは遮蔽になる建物や樹木を選びながら、慎重に歩いた。

一キロほど歩くと、基地専用の船着き場に出た。その西側に、黒々とした磯のシルエットが見える。岩なのか珊瑚なのか知らないが、海面から数メートルの高さがあって、ちょっとしたリアス式海岸になっている。その岩陰のひとつに、ゆかりは身をひそめた。

待つことしばし——。

月光の照り返す海面に、小さな船影が見えた。

ゆかりはペンライトを点滅させた。

舟はまっすぐこちらにやってきた。細長いカヌーだった。中央に人が座り、棹《さお》で漕いでいる。船外機もついていたが、喫水《きっすい》上に引き上げてある。音をたてない配慮だろう。

「おまたせある」

　斑麗の声がした。舟を岩陰にひきいれ、もやい綱をそばの岩にかける。ゆかりはそばに行って、斑麗の手を引いた。

「ありがと。大変だったでしょ」

「平気平気」

　そう言って、舟から丸い包みをおろす。

　ペンライトを向けると、二段重ねのせいろの中に大小の中華菓子がびっしり、夜に咲く花のように浮き上がった。

「すっごーい……」

「大きいのが蚝油叉焼飽《ハオユーチャーシューホウ》、黄色いのがカスタード・タルト、こっちのまんじゅうが蓮蓉《れんよう》飽《ホウ》あるな」

「どれどれ」

　さっそく手を伸ばすゆかりを、斑麗はさえぎった。

「しめて三十九ドルある」

「三十ドルと言ったはずだけど？」

「それはデマエの料金。中身は別途ある」

「うむ……まあいいか」

ゆかりは財布から紙幣をとりだし、斑麗に渡した。地元の水準からすればびっくりするような値段だが、二千ドルの月給があるゆかりにとっては、どうということはなかった。

二十分ほどかけて、ゆかりは出前をたいらげた。さすがに満腹である。

「ぷはー。こりゃ太れそう」

「よかったあるな」

「うん。明日からもお願いね」

「まかせるある」

そう言うと、斑麗は慣れた手つきでもやいを解き、舟に飛び乗った。棹で岩を押すと、舟は音もなく岸辺を離れた。

宿舎に戻った頃には午前二時をすぎていた。マツリはあいかわらず、やすらかな寝息をたてている。

そっとベッドにもぐりこむと、ゆかりはただちに眠りに落ち、次の瞬間朝になっていた。

「ゆかり、起きよう。ほれほれ」

視野一杯にマツリのにこにこ顔がとびこんできて、思わずのけぞるゆかりだった。

ACT・6

高度計の針がじわじわと上昇している。

姿勢はほとんど地表と平行になった。

ゆかりの乗ったカプセルは今、軌道投入の最終段階にきていた。

——といっても、これはシミュレーターである。この訓練装置はボタンひとつにいたるまで本物そっくりに作られており、どの計器も教官の思いのままに動かすことができた。

「高度百八十キロ、えーと、キャビンプレッシャー四百、直流電圧二十四ボルト……」

眠い目をこすりながら、計器を読み上げる。宇宙飛行士の任務の大半は、こうした状況報告である。

『加速七・五G、振動は減少中。まもなくメインブースターの燃焼が終了する』

ヘルメットのスピーカーに木下の冷徹な声が響く。この装置では加速度や振動が再現されないので、言葉で補うのだった。

計器盤に赤いランプがともった。

「あー『カプセル分離』レッド。他はグリーン。ロール角ゼロ、ピッチ角軌道位置、キャビン温度十七……」

『馬鹿者!!』

木下の怒鳴り声が返ってきた。

『カプセルが分離してないだろうがっ！　緊急手順に入らんかっ！』

「あーはいはい、えーと……」

『ヒューズパネル二番、緊急カプセル分離をＯＮだ！』

「はーい、今やりました」

『……それで⁉』

「それでというと？」

『カプセル分離ランプはどうなった⁉』

「グリーンです」

『宇宙飛行士のくせに、いちいち聞かれなきゃ報告せんのかっ！』

「すみませーん」

『もういい降りろ！　マツリと交代だ！』

「はーい」

ゆかりは宇宙服につながったケーブルを引き抜き、ハーネスを解いた。

シミュレーターのハッチが開き、にこにこ顔のマツリが顔を見せた。

「えへへ。叱られちったね、ゆかり」

「私のぶんまでよろしく」

ゆかりの夜食が始まって一週間。

訓練後のブリーフィングで、さつきは書類をめくりながら言った。

「最近、成績が落ちてるわねぇ。特にゆかりちゃん。集中力と持続力がマイナス二よ」

「ぽりぽり」

「何か思い当たることは？」

「えー、特にないです」

「睡眠はちゃんととってる？」

「そりゃもう」

「変ねえ……」

「あ、なんとなく、疲労がたまってるなって気はするけど」

さつきは首を傾《かし》げた。

「そのわりには体重が増えてるのよね」

「へ？」

「先週より〇・六キロ増えてる。まだ誤差の範囲だけど」

「そかそか……気をつけなきゃ」

夜食の成果が出始めたかと、ゆかりは内心ほくそ笑んだ。

「マツリちゃんもよ」

「ほい？」

「あなたは○・七キロ増えてる」

ゆかりは驚いて、マツリの顔を見た。

そんな、ばかな！

「ほほー」

マツリは平然としている。

「栄養摂取量も付加運動量も一定なのに、なんで二人とも増えるのかしら？」

自分はいい。

なぜマツリまで増えるのだ？

「まさか、隠れて甘いもの食べたりしてないでしょうね？」

まさか――マツリも夜食を⁉

「甘いものなんか食べてないよ」

マツリはけろっとした顔で言う。

「ゆかりちゃん、あなたは？」

「ま、まさか」

「ふーむ……」

さつきはいぶかしげな目で、二人を交互に見た。

「……来週まで様子を見るけど、この傾向が続くようならカロリー計算に間違いがあるとしか思えないわね。もっと食事を減らさなきゃいけないかな」

「え……」

「まあいいわ。今日はここまで」

ACT・7

メインとバックアップは一心同体。

二十四時間行動をともにしているのだから、抜駆けするなら睡眠時間しかないはずだ——自分がそうしたように。

しかし、マツリをこれ以上太らせるわけにはいかない。それではいつまでたっても差が縮まらないばかりか、昼の食事まで減らされてしまう。

そんなわけで、ゆかりはその夜、出前をキャンセルして睡魔と格闘していた。

なんのこれしき。

受験の時は、毎日四時間睡眠で頑張ったじゃないか……。

何か物音を聞いたような気がして、ゆかりは、はっと意識を取り戻した。

少し眠ったらしい。

時計を見ると、三時をまわっていた。

マツリの寝息が聞こえない。

暗がりに目をこらすと、本人とともに装身具と腰蓑《こしみの》、それに槍が消えていた。

大急ぎで着替えて、窓から外に出る。

今夜も下弦の月が出ていた。

目が慣れると、百メートルほど海側に人影が見えた。

肩に槍をしょっているところをみると、マツリにちがいない。

ゆかりは足音をしのばせ、後を追った。

マツリは身を隠す様子もなく、まっすぐ海岸に向かっていた。

船着き場を越え、岩場に入る。身を隠す場所が豊富にあるので、ゆかりは距離を縮めた。

マツリは波打ちぎわの岩の上に立った。

海に向かって、両手をさしのべるように広げる。

そして、耳慣れない言葉を唱え始めた。

……タリホ族の言葉だろうか？

それは詠唱のようでもあり、歌のようでもあった。

少し鼻にかかった、こそばゆいような声が、静かに、凪《な》いだ海原にひろがってゆく。

単調で、どこか物悲しい響きだった。

もしかして、夢遊病？

アルプスの少女ハイジのパターンか？

あんな娘でも、ホームシックとか——。


と、目の前の海面で何かが跳ねた。

パシャ。

水面下に青白い鱗が光った。

パシャ、パシャ。

魚だ——魚が集まってきた。

マツリは歌をやめ、槍を構えた。

「ほっ！」

バシャッ。

「ほっ、ほっ！」

バシャバシャバシャ！

三匹の魚が槍の先に刺さっていた。

ゆかりは呆然と事の成行きを見守った。

マツリは槍を岩に立てかけると、近くの流木を集め、ライターで火をつけた。サバイバルキットから持ち出したらしい。

マツリはあぐらをかき、魚を槍から細い流木の枝に移して、焚火のまわりに立てかけた。

すぐに、魚の焼ける匂いが漂いはじめた。

——つまり、そういうことか。

「……こら」

状況がのみこめたとたん、声が出た。

「こんなところで何してる」

「ほい、ゆかり。いっしょに食べよう」

「いっしょに食べようじゃないっ！　こんな夜中に何してるんだ、おまえは！」

「腹がへって目が覚めた。ゆかりもか？」

「ちがうっ！」

ゆかりは焚火の前に進み出た。

「あんたの体重が増えるんでおかしいと思って見張ってたの！」

「ほー」

無関心に答えると、マツリは焼魚にかぶりついた。

「食うなっ！」

ゆかりはマツリの手から魚を奪った。

「ほい、何する、ゆかり」

「間食は厳禁でしょ」

「タリホ族は好きなときに食べる。だから間食じゃないね」

「そんな屁理屈が通るかっ！」

「そういえば」

マツリはにっと笑った。

「ゆかりも増えてたね、体重」

どきっ。

「……な、何が言いたい」

「朝のゆかりは、天津飯店の匂いがする」

「……」

マツリは、二匹目の魚にかぶりついた。

ゆかりは十秒ほど見守っていたが、また、魚を奪った。

「……食うなよ」

今度はマツリもムッとした顔になった。

「どしてぇ」

「このまま二人で太ったら、食事が減らされるでしょうが！」

「とうちゃんがいつも言ってた。食べたい時は食べる時。それがしあわせの秘訣」

マツリは魚を奪いかえそうと手を伸ばした。素早く身を引いたゆかりに、マツリがタックルする。二人はもつれあうように岩場に転がった。

その時。

「静かにしてくれないか」

そばで男の声がした。

二人は動きをとめた。転がったまま、声のしたほうを向く。

背の高い人影が立っていた。

「……き、木下」

ゆかりは絶望感に襲われた。

「なんでここに」

「外を見たら、月が美しいのでね」

意外に、平坦な声が返ってきた。

「ここで月光浴をしていた」

「……」

ゆかりとマツリは岩の上に起き上がった。

そして嵐の到来を待った。

だが、木下はなかなか口を開こうとしなかった。彫像のように立ったまま、中天を仰いでいる。

視線の先には、月があった。

「アポロ計画の時は、高校生だった」

木下は、話し始めた。

「今の君たちくらいだな。映りの悪い白黒テレビに、ずっとかじりついていたよ。アームストロング、オルドリン、コリンズ……月に向かった三人の飛行士は、私の英雄だった。自分も月へ行けると思うほど無邪気ではなかったが、あれ以来、月旅行のことは頭を離れなかった」

「……」

「今のロケットは低軌道がやっとだが、LS－7が完成すれば静止衛星とのランデブーが可能になる。その性能なら月周回軌道に乗ることも不可能じゃない。所長から計画を聞かされた時には、正直、ときめいたよ」

「行こうと思ったんですか……月へ？」

「四十過ぎてのスタートになるが――」

男は苦笑したように見えた。

「可能性を無視する理由が思いつかなかったんでね。基地ができて間もない頃、冗談のふりをして検査を受けてみたんだが……」

木下は口をつぐんだ。

波が二度打ち寄せるほどの間があった。

「不整脈があるようだ、と言った時のさつきさんの顔は、今でも忘れられないよ。私より、よほどつらそうな顔をしていたからね」

「……」

日常生活では何の支障にもならない、ささいな心臓疾患が、この男の夢を打ち砕いたのだった。

それから木下は、急に普段の口調に戻った。

「宇宙飛行士は健康第一だ。睡眠不足も間食もいかん。マツリ君もだ――タリホ族の習慣がどうであれ、これは間食にあたる。二度としてはならん!」

木下は追い立てるように怒鳴った。

「ただちにベッドに戻りたまえ!」

事情を知らない者なら、宇宙飛行士になった自分を羨《うらや》むこともあるだろうけど……。
宿舎までの道のりを、ゆかりは考え考え歩いた。
すべてに精通した者からも羨まれていることを自覚したのは、これが初めてだった。

第五章　仕様変更を阻止せよ

ACT・1

その日は、訓練装置の故障で急に暇になったのだった。

「ゆかり、泳ぎにいこう。海は気持ちいいよ」

「うん……」

こんなとき、二人はよく海に行った。ほかに娯楽がないこともあるが、澄みきった環礁に身をひたし、手足を伸ばすのは確かに気持ちがよかった。

ゆかりとマツリはナップザックにタオルや水着をつめこんで、訓練センターを出た。

海岸に向かう舗道を連れ立って歩く。

施設が散在しているせいか、真昼だというのに、あたりは静まり返っていた。

ゆかりはふいに立ち止まった。

「ほい、どした？」

「……」

ゆかりの視線は、右手の建物に注がれていた。

「どした、ゆかり？」

「……マツリさ、先行ってて」

「ほい？」

「ちょっとVABに寄ってくから」

「ほい」

マツリはきょとんとした顔で、ゆかりを見送った。

VAB――ロケット組み立て工場――は基地内で最大の建物で、二つの巨大なマッチ箱を、ひとつは横に寝かせ、もうひとつは立てた形に並べた形をしていた。背の高いほうには高さ三十メートルの移動発射台がすっぽり収まり、ロケットの各段はそこでひとつに組み立てられる。

ゆかりが向かったのは、それぞれの部品を造る、平たいほうの建屋だった。

玄関の守衛に聞いてみる。

「カプセルはどこで作ってるの？」

「カプセルって、有人オービターですか？」

「うん」

「そこを左に折れて、つきあたりのクリーンルームですけど……どんな用事ですか？」

「ちょっと見学」

守衛はいぶかしげな顔になった。

「あそこは、関係者以外は許可証がないと入れないんですよ」

「関係者って……私が誰か知ってるでしょ？」

ゆかりは、少しむっとして言った。

「それはもちろん。ですが……」

「ならいいじゃない」

ゆかりは返事を待たずに歩き始めた。

「でも勝手にクリーンルームに入るのは絶対やめてくださいよ。外の風がちょっとでも入ったら大騒ぎなんですから！」

「わかってるって」

わかってなかったけど、と思いながら、ゆかりは廊下を歩いた。

延々二百メートル歩いて、ようやくクリーンルームの前に来た。

何やらものものしい、ガラス張りの部屋だった。全身を白い服で包んだ作業員が数人、機械に向かっているのが見える。

入り口は二重扉のエアロックになっていて、「無断立入厳禁」の貼り紙もある。

ゆかりはガラスを叩いて、中の注意をひいた。作業員の一人がこちらを向き、壁のインターホンをとった。ゆかりも受話器を取った。

『なんでしょうか？』

「ちょっと見学したいんだけど」

『あ……見学は、向井チーフの許可がいるんですが、いま会議中なんで』

「私は入れないっての？」

『そういうわけじゃないんですが、一応、手続きとして』

「私が乗る船よ？　なんで好きに見れないの？」

『いえその、いずれしっかり見ていただくことになりますが、いまはまだ装置がシールドしてないんで――』

「隠すわけ？」

『いや、隠すなんてことは』

「私が命あずけようって船を隠すわけ？」

『だから、隠すんじゃなくてシールドをですね』

「ごちゃごちゃ言ってないで見せりゃいいのよ‼」

ゆかりはエアロックに走った。

ドアはなかなか開かなかった。でたらめにボタンを押し、力まかせに把手《とって》をひく。

自分でも、なぜこんなにむきになるのかわからなかった。

ちょっと作業現場を覗いて、すぐ海岸に行くつもりだったのに——。

最初のドアを開けたところで、ゆかりは三人の作業員に取り押さえられた。

夢中で抵抗したが、多勢に無勢だった。

ACT・2

「昨日、VABであったゴタゴタの件ですが」

主任会議の席で、さつきは切り出した。

「ゆかりちゃんも、クリーンルームについては認識不足だったたって、反省してるんです」

「まあ、普段着でどかどか入ってこられちゃたまんないですけど——」

向井は苦笑した。

「知らなかったんなら仕方ないですよ。目に見えないような塵や毛髪が、宇宙空間で浮遊したらどんなに危険かなんて、ちょっと想像できないですから」

「うん。だけどゆかりちゃん、船長として自主的に安全性のチェックをする権限がほしいって言うんです」

さつきは那須田に向かった。

「技術会議にも出席して、何が進行しているのか見極めて、発言権もほしいって」

「ずいぶん積極的になったもんだな」

那須田は、ほほう、という顔で言った。

「何があったのか知りませんが、やっと本気で構える気になったようです」

「よしよし、わしが見込んだだけのことはあるようだな」

「だけど、ゆかりちゃんのレベルじゃ何を見たってチンプンカンプンですよ？」

向井が言った。

「この忙しい時に弾性変形って何ですかって聞かれて、いちいち説明するとなると……」

「しかし飛ぶ身にもなってみろ。技術屋を信じて得体のしれんマシンに乗る気になるか？」

「そりゃそうですが――」

「宇宙飛行士ってのは昔からやかまし屋と相場が決まってるんだ。女子高生だからって、子供扱いしちゃいかん。ここは相手が納得するまでつきあってやるしかないだろう」

那須田は一同の顔を見回した。

「ゆかりの要望は承認しよう。マツリも連名かね？」

「いえ。あの子はまったく気にしてません」

「わかった。ではさつきくんから、本人に伝えといてくれ」

「はい」

ACT・3

翌日、ゆかりは再びVABを訪ねた。

入念に洗顔し、作業員に教えられながら白い作業服に着替え、入口で風速二十メートルのエアを浴びて塵を落とす。

中に入ると、向井が出迎えた。

「やあ、さっそくのお出ましだね」

「うん……」ゆかりは少し、きまり悪そうにうなずいた。

「シミュレーターは安川仕様だったからね。こいつはまさにゆかりちゃん専用、完全オーダーメイドさ」

向井は愛想よく部屋の中央にゆかりを招いた。説明が大変だ、などと言っていた向井だが、手塩にかけた作品を見に来られて嬉しくない技術者などいない。

幾筋ものケーブルが焦点をつくるワークベンチの上に、インディアンのテントのような円錐形の物体が固定されていた。

まだ中身がむきだしになっているが、それがカプセル——有人オービターであることはすぐわかった。

最大直径二メートル、高さ三・五メートル。中央の居住区画は大きめの犬小屋ぐらいしかない。パンケーキのような底面をのぞきこむと、一面に黒い耐熱タイルが張ってあった。

「タイルの隙間、こんなにあっていいのかな」

「去年の再突入実験で確認済さ。タイルの熱膨張を考慮すると、隙間はどうしても必要なんだ」

「ふうん」

いきがかり上むきになって要求したものの、いざ説明を受けてみると、うなずくしかない。

とにかく、自分を納得させよう——そう思いながら、ゆかりは内部を覗きこんだ。

「計器盤の裏ってああなってるのか……。シーケンサーもあの中？」

「そうだね。コンピューターや通信機とかのモジュールがひとまとめにしてある。アビオニクス・ベイっていうんだ」

「上であそこが故障したら、絶望だね」

「いやいや。決してありえないことだけど、どこが故障してもモジュールごとに切り離して手動操作で帰還できるんだ。ゆかりちゃんがコンピューターの代わりをつとめればね」

「ちょっと自信ないな……」

「心配いらないって」

向井は余裕の笑顔をみせた。

「あのへんの装置は絶対故障なんてしないよ。過去に何度も飛んだ実績があるんだ」

「じゃ、実績のないところってどこ？」

「そりゃまあ――」

言いかけて、向井はふと口をつぐんだ。

ゆかりはその表情を見逃さなかった。

「どこよ」

「なんつーか、いろいろ……」

「いろいろ!?」

ゆかりの剣幕に、向井は焦った。

「いや、たくさんという意味ではなくて」

「なに隠してるの。言って！」

つめ寄るゆかり。壁ぎわまで追いつめられたところで、向井は観念した。

「僕が言ったってことは内緒にしてくれるかな？」

「うん」

「……メインブースターの固体燃料がね」

「あのでっかいローソクみたいな？」

「そう。……こないだも見てのとおり、日進月歩してるから」

「？？」

こないだ、というのは大爆発に終わった燃焼実験のことである。あれが爆発したのは、燃料の反応がよすぎて、構造が持ちこたえられなくなったためだという。

「日進月歩しちゃだめなの？」

「ベターはグッドの敵って言うぐらいでね。ロケットは保守的な、枯れた技術の積み重ねなんだ。性能が上がるのはいいんだけど、仕様変更したばかりの最新バージョンをホイホイ使うのは危険なんだよ」

「だったら昔の燃料使えばいいじゃない」

「それがねえ……。構造式忘れたとか、昔の製造プラントは廃棄したとか、さんざんごねるんだなあ、あの人は」

「素子さんが？」

向井はうなずいた。

「きっぱり禁止できないの？」

「それができりゃ苦労しないよ」

苦渋に満ちた顔で言う。

「素子さんぬきじゃ、あの職人芸の燃料は造れないんだ。LS-5っていえば、ここじゃ大きく見えても全長はH2の半分以下、弾道ミサイルみたいなもんだからね。それで人を打ち上げるとなると、並の燃料じゃだめなんだな」

「ふーむ……」

考え考え、ゆかりは工場を後にした。

ACT・4

あははははははは！

肘掛けに両手をおいたまま、さつきは思いっきり無遠慮に笑った。

「無理無理無理、素子に燃料の改良をやめさせるなんて、ぜえったいに無理！」

と、手をぱたぱた振る。

「な、なんでよ！」

ゆかりはむっとして問い返した。

「理由なんかないわ。そういうレールの上に乗ってるんだもん、あの子は。だからこそ、推薦したんだけど」

「さつきさんが？」

「そう。所長が腕ききの化学屋を探してたからね。素子は医薬品メーカーの研究室にいたんだけど、所長の殺し文句でイチコロだったの」

「殺し文句？」

「そう。これがツボをついててね……」

さつきは当時のいきさつを語った。


三原素子の願望は今も昔もただひとつ。

あらゆる物質を酸素と化合する――すなわち酸化させることだった。

たとえば燃焼。

充分な酸素は、鉄さえも燃やすのだが――そんな物質のうつろいを見るとき、素子はこのうえない喜びを感じるのである。

その時、那須田はこう言った。

「ロケットは毎秒一トンの推進剤を酸化させる」

素子は、ごく、と唾をのんだ。

「私の求めるものは質量が小さく高速度の噴射ガスだ。最も効率がいいのは何かね？」

「水素」

素子は即答した。

「そうだ。だが水素は使わない。我々が建造するのは固体推進剤と液体酸素をかけあわせたハイブリッド・ロケットだ。それには常温で固体、安価で均一、それでいて高い比推力を持つ物質がいる」

そう言って、那須田は素子の顔を睨んだ。

「それさえできれば、好き放題していい」

「行く〜」今度も即答だった。

続く一ヵ月で身辺を整えると、素子は夫を日本に残し、単身アクシオ島に旅立ったのだった……。

「……てな調子だから、燃料の研究開発から素子を遠ざけるのは無理ね」

ゆかりは首をかしげた。

「そのくせ結婚してるってのが不思議だな」

「研究職は女が少ないからね。結構モテたらしいよ」

「ほんとに？」

「ほんとよ」

ゆかりはまた、首をかしげた。

もしかして、あのビン底眼鏡をとると、すごい美人だったりするのだろうか……？

「結婚なんかテキトーでいいやと思ったとたん、話がまとまったんだってさ」

「ふーん……」

「結婚はしたけど、愛妻弁当をつくるでもなく、家事にいそしむでもなく、いまだ子はもうけず――謎といえば謎かな。とにかく素子をとめることは無駄。腹をすえることね」

ACT・5

冗談じゃない。

特攻隊じゃあるまいし、腹をすえろと言われてハイそうですかと引き下がるわけにはいかない。

ゆかりは保安部に電話してパトロール車を呼びつけた。宇宙飛行士なんだから、ちょっとは威張ってもいいはずである。

「燃料工場へ行って」

「はい」

気合いで命令すると、若い隊員は素直に従った。

半キロ先の燃料工場につくと、ゆかりはまっすぐ素子の研究室に入った。

強い酸の匂いに、ゆかりは顔をしかめた。

机も床も実験台も、フラスコや試験管や試薬の瓶にうめつくされている。もしここでつまずいたら、どう倒れても悲惨だろうな、とゆかりは思った。

部屋に素子はいなかった。

廊下で聞いてみると、屋内燃焼実験室に行ったという。案内図によれば、巨大な排気ダクトのついた、体育館ほどの空間だった。

入口に来てみると、油圧駆動の大きな耐爆扉が閉じていた。『実験中』のランプが点灯しているが、ゆかりはかまわず『開』ボタンを押した。

「うわっ！」

地獄の蓋が開いたようだった。

爆音と閃光に襲われ、ゆかりはとっさに扉の陰に身を引いた。

だが、音と光の洪水は持続的なもので、何かが爆発しているわけではなかった。

三十秒ほどで、騒ぎはおさまった。

ゆかりは中をのぞいた。

薄く煙をあげるエンジンの手前に、素子の後ろ姿が見えた。着流しの白衣で、頭にはイヤー・プロテクターをかけている。

素子は一人で、彫像のようにつっ立っていた。

やがて、肩が震えはじめた。

「くふふふふふ……」

かすれた笑い声が実験室にこだまする。続いて、

「でぇきたよおおおおお〜〜〜」

と、ガッツポーズをとる。

ゆかりは寒気をおぼえつつも、中に踏み込んだ。

「ちょっと。素子さん」

「とうとうでぇきたぞ〜〜〜」

「ちょっとおっ！」

「やっほやっほっほ〜〜〜」

小躍りする素子の背後から、ゆかりはイヤー・プロテクターをむしり取った。

「ほ？」

ふり向いた顔は、真っ黒な溶接用ゴーグルのせいでますます怪しい。

ゴーグルを外すと、その下からいつものビン底眼鏡が現れた。

「あれぇ、ゆかりちゃん、いたのか〜〜」

のんきな声である。

ゆかりは呼吸を整えて言った。

「重〜大な疑問があるんだけど」

「へ？」

「本番まであと二ヵ月しかないのに、ここで何やってんの？」

「だからぁ、本番用燃料の改良を……」

「だめっ!!」

「なんでよう？」

「ロケットというものはぁっ――」

ここぞとばかりにゆかりは、憶えたてのポリシーを説いた。

「――というわけで、枯れてない技術は使っちゃダメなの！　わかった!?」

「でもぉ、こんどの燃料のほうがずっといいのよう。触媒を変えてみたんだけどぉ……」

「ダメと言ったらダメ！」

「せっかく造ったのに〜」

「前のに戻すの！」

「やだ〜〜」

素子は身悶《みもだ》えした。

「構造式忘れたから、もう戻れないよ〜〜」

向井の言ったとおりだが、ここでひるんではいられない。

「問答無用っ！」

ゆかりはぴしりと言った。

「この件は技術会議に提出して決議をとることにする！」

権力に目覚めつつあるゆかりであった。

ACT・6

同じ頃、サンチャゴの中華街、天津飯店。

カッ……。

ハイヒールの靴音が玄関に響いた。

「日本語わかるって人、いるかしら」

現れたのは、妙齢の女。この酷暑のもと、燕脂《えんじ》色のスーツとタイトスカートに身を固めながら、汗ひとつかいていない。

主人が出迎えた。

「いらっしゃいませある。アタシ、この店の主人、張天津ね。日本人、皆うちの料理喜ぶあるよ」

「食事はあとにするわ。ソロモン基地に行きたいんだけど、電車かバスはあるかしら？」

「あいや残念、どちらもないあるなー」

「なら、車を手配していただけるかしら？」

「アタシがあるか？」

「百ドル出すわ」

「わかたある」

張は即答した。

「そこにかけて待つある。斑麗！　お客さんにプーリーチャ出すある」

「急いでね。あまり時間がないの」

ACT・7

技術会議が始まったのはそれから二時間後。召集されたのは、所長以下、主任クラスの幹部スタッフばかりである。

ゆかりは、中学でクラス委員をつとめた時を思い出しながら、つとめて厳粛な口調で言った。

「ここに集まっていただいたのは、ロケットの安全性を脅かす、きわめて重大な要因を見いだしたからです」

皆、神妙な顔でこちらを見ている。

「私なりに調査した結果、それはある特定の開発部署が、独断で仕様を変更したために発生しています。向井チーフエンジニアは、ロケットは保守的な技術の積み重ねだとおっしゃいました。そうですね？」

「あ、ああ……」

「ところが。今日の午後、私は燃料工場において、まことに奇妙な光景を目撃しました。なんと——この期におよんで新しい固体燃料のテストが行なわれていたのです！」

ゆかりは場内を見渡した。

おもむろに腕を組む那須田。

頭をぽりぽり掻く向井。

軽くせきばらいするさつき。

泰然としている木下。

そして、そわそわと周囲の顔色をうかがう素子。

「……私は、その場にいた三原化学主任から、その新型燃料がこのたびの有人飛行に使用するものであると聞きました。三原主任は『このほうがずっといい』と言ったのです。しかし、あとわずか二カ月でどんな実績が積めるというのでしょうか。ベターはグッドの敵という言葉があります。『ずっといい』——ロケットにとって、これほど危険な要素があるでしょうか？　私はここに、新燃料の開発およびその使用の全面停止を要求するものであります！」

ぴしゃりと締めくくって、ゆかりは着席した。きまった、と思った。

手ごたえは充分である。

しばしの沈黙のあと、那須田が言った。

「よろしい。ではみんなの意見を聞こう……木下君はどう思うかね」

「正論ですね。検討に値する指摘と言えるでしょう」

「うむ。向井君はどうだね？」

「ええまあ……実情としてはＬＳ－５では推力が足りなくて、補助ブースターを使用してもなおマージンがほとんどない、という状態なので、少しでも燃料を改良して推力をかせぎたいのは確かなんですが……」

「要点を言いたまえ」

「やはりその、今から仕様変更するのはリスクが大きいのではないかと……」

「わかった」

所長は素子に顔を向けた。

「さて三原君。君の意見を聞こう」

「あ……はい。んでは……まず見てほしいんですけどぉ〜」

素子は席を立ち、急ごしらえの資料を持って後ろのオーバーヘッド・プロジェクターのそばに移動した。

部屋の照明が落ちる。

正面のスクリーンに、手書きの分子構造式が映写された。

「え〜〜これが新しい燃料の組成でしてぇ、ベースは天然ゴムで、たっぷり多重結合したCH2・CH3――」

「そのへんはいいから、機能面を説明してくれないか」

「それはですね〜〜」

素子の頬が、かすかにゆるんだように見えた。

「固体燃料はですねえ、燃料容器全体が高温高圧の燃焼室になるのでぇ、ロケットも重くなるんですねえ」

「それはわかっている。世界の趨勢は液体燃料ロケットだ。だが、我々はあえて低コストの固体燃料を選んだ。安価なロケットを多数打ち上げるという戦略だ」

「そうですよねえ〜。んでもぉ、こんどの燃料だとぉ、液体燃料ロケットより軽くなるんですぅ」

一瞬、部屋は静まり返った。

「そんな、バカな！」

向井が叫んだ。

「どんなに燃料を軽量化したって、燃料容器の重さが決定的に違うんだ。軽くなりようがないよ！」

「それがぁ、こんどの燃料はぁ、内側から外側にむかって燃えるんですけどぉ、外側ほど粘結力が強くなっててぇ〜〜つまり燃料自体がぁ、燃料容器になってるんです〜〜」

「なに……」と、所長。

隣で木下が眉を上げた。

「燃料容器がいらない燃料ってことかな？」

「そうです〜〜。完全にいらなくはならないけどぉ〜〜厚さ三ミリのジュラルミンで充分なんですぅ」

「そ、そんな――」

向井が絶句する。

ゆかりは不安になった。場内の雰囲気が、変わってきたのだ。

木下が言った。

「信じられないな。そんな強度のある燃料がうまく燃えるとは思えないが」

「なのでぇ、粘結剤といっしょに触媒を変えてみたんですぅ。主成分はプラチナなんですけど～～」

ゆかりは素子の左手に目をとめた。薬指には、くっきり指輪の跡が残っていた。

さっきの実験に使ったのか……。

向井が電卓を叩き始めた。

「燃焼室の板厚が三ミリだと……質量比三十！　液体ロケットをはるかに越える性能だ！」

「実機用の燃料はいつできるの？」

木下が聞く。

「二カ月あればぁ、絶対できます～～」

「ぶっつけ本番だな」

「地上試験で間に合わせるとして――」

ゆかりは立ち上がった。

「ちょっとみんな！　この時期に仕様変更することの危険は――」

ゆかりが言い終わらないうちに、向井が応じた。

「だけど、これは画期的だよ！　安くて軽くて燃焼制御の可能なハイブリッド・エンジン――これは究極のロケットだ！　そうでしょう、所長！」

那須田もこわばった顔でうなずいた。半開きの口元から、かすれた声がもれる。

「これが夢でないとするなら――化学ロケットの革命だ……」

「歴史に残る一日となりそうですね」

「き、木下さんまで――」

ゆかりは声を震わせた。

「みんな、どうしちゃったのよ！　ぶっつけ本番の有人飛行なんて私はお断りよ！　安全基準はどうしたの⁉　ロケットは信頼性の高い技術の蓄積じゃなかったの⁉」

きまり悪げに、目線をそらす一同。

沈黙を破って、向井が言った。

「いや……だけどまあ、性能に余裕がないというのも、これはこれで危険なわけで……新しい燃料ならその心配もなくなると――そうでしょ、木下さん？」

「そうともいえる」

「こうしようじゃないか、諸君」

所長が言った。

「ここは結論を急がず、しばらく様子を見守って検討を重ねよう。もちろん宇宙飛行士であるゆかり君の意見も最大限に尊重したうえでだな――」

「今決めてちょうだい!!」

ゆかりは吠えた。

「私は断固反対。命預ける身にもなってもらいたいわっ!! こんな――こんな思いつきの珍発明でかためたロケットになんか、誰が乗るもんですかっ!!」

「まあまあ、ゆかり君。何も新燃料を使うと決めたわけじゃない、検討を重ねようと――」

がったーん!

ゆかりは椅子を蹴飛ばし、憤然と退場した。

決めたわけじゃないだと?

白々しいことを言うんじゃないっての。

ゆかりにはわかっていた。

技術的なことはわからなくても、あのロケット野郎どもが新燃料に一目惚れしたのが、はっきりわかったのだ。

怒れば怒るほど、ゆかりは頭の回転が速くなるたちである。廊下をどすどす歩くうち、ゆかりの考えは固まった。

更衣室に入り、スキンタイト宇宙服の入ったロッカーを開く。宇宙服に体を通し、船外活動用の簡易バックパックを背負う。この装備ならどんな場所でも、電池と水さえあれば数日は生きていられる。

ゆかりはサバイバルキットをつかむと、自分のデスクのある医師室に入った。

学科の自習をしていたマツリが顔をあげた。

「ほい、ゆかり、EVAの訓練？」

「ちがう！」

ゆかりは壁のカレンダーを引きちぎり、裏に極太のサインペンで何か書きなぐった。

「宇宙飛行士の存在ってものを奴らに教えてやるんだ」

「……ほい？」

「これより森田ゆかりはハンストに突入するっ!!　みんなにそう言っといて!!」

きょとんとするマツリを残して、ゆかりは部屋を出た。

ACT・8

三十分後——。

ゆかりは本部棟玄関のコンクリートの上にあぐらをかき、頬杖の上にふくれっ面を載せていた。

背後の壁には『仕様変更断固反対！』と大書されたアジビラが張ってある。

「いいこと、ゆかりちゃん。気持ちはわかるけど、会議決定に従わないとサボタージュって言われてもしかたないよね」

現在の説得役は、さつきである。

ゆかりの五メートル前に立って、さつきは噛んで含めるように話しかけた。

「あまり聞き分けがないと、あたしとしてはお父さんに報告しなきゃならないわ」

「どーぞどーぞ！　私、仕事から逃げてるんじゃないもん。やることはちゃんとやる。個人の趣味で好き勝手に作ったがらくたロケットに乗りたくないだけ！」

「うーん……」

さらに十メートル離れた炎天下の駐車場では、幹部勢が固まって様子を見守っていた。

さつきが言葉につまるのを見て、那須田が小声で言った。

「切札も効き目なしか」

「ゆかりに理がありますからね。我々が素子さんの新発明に思わずひきこまれたのは事実ですよ」と、木下。

「そりゃそうだが――」

那須田は渋い顔で言った。

「今度の有人飛行でこの画期的なロケットを持ち出せば、確実に世界の宇宙産業をあっと言わせられる。使わない手はあるまい」

「同感ですがね。……いっそほっときますか。三日もたてば根負けするでしょう」

「無視はいかん。あまりに冷淡すぎる。ゆかりにも花を持たせて幕を引きたいんだ」

さつきが戻ってきた。

「だめだった。お次は誰が行く？」

「僕が行きましょう」

向井が言った。

「たしかにセオリーには外れてますが、エンジニアとして考えても、新燃料はそんなに危険じゃないです。そのへんを説明してみます」

「健闘を祈る」

「――つまりこういうことなんだ、ゆかりちゃん。新しい燃料は、それ自身が強固な構造をもつのでロケットに負担を与えない。むしろ安全な燃料だといえるわけだよね。ここまでは、わかるかな？」

「そーゆー設計ではある、と」

「そう。だから――」

「設計はいいに決まってるじゃない。設計通りにできてなかったらどうするかってこと」

「それは、地上試験とかで……」

「んなものが、アテになるかっ！」

「うっ……」

　向井は反論できなかった。

「さつきぃ、あたし嫌われちゃったかなー」

すごすごと退却してくる向井を見ながら、素子が眉をくもらせて言った。

「喜んでくれると思ったのにな～～」

「場合によるわね」

「悪気はぁ、ないんだけどぉ」

「そりゃそうよ。悪気でやられてたまるもんですか」

「でも、なんかすご～く怒ってる……」

さつきは眉間《みけん》に手をあてた。

「タイミングがね、すこ〜し悪すぎたの」

「……あたし、あやまってこようかぁ？」

「逆効果よ。だいいちゆかりは謝罪なんか求めてないわ。素子なんかよりよっぽど現実的な子なんだからね」

「現実的……？」

素子は、自分なりにその意味を考えたが、結論は出そうになかった。

と、そこへ現れたのはマツリ。

「ほい、みんな何してる？」

「だからハンストだってば。あなたが知らせたんでしょ？」と、さつき。

「ハンストってなに？」

「ハンガーストライキ。要求を通すために絶食して闘争すること」

「ほー、それはいけない。ゆかりが腹へって死んでしまう。要求ってなに」

さつきは事の経緯をかいつまんで説明した。

話を聞くと、マツリはすたすたとゆかりの前に行った。

「ゆかり、心配することはない」

「……何よ、あんたまで」

「今度のリフトオフはうまくいく。腹へらして心配することはない」

「どんな根拠があるっての。だいたいここのロケットって、打ち上げるたびに爆発してるじゃない」

「うん。それはタリホ族の呪いのせいだよ」

マツリは、そう言った。

「は？」

「リフトオフのときはいつも、きれいな花火になるよう村じゅうで呪いをかけてた。今度は呪いをかけないように頼んでおく。だから大丈夫」

「あのねえ」

「ゆかりが心配なのはわかるよ。みんな花火が見たいから、うっかり呪いをかけてしまうかもしれない。でも酋長がその前によく言いきかせるから大丈夫。絶対うまくいくね。とうちゃんはみんなに好かれている。とうちゃんの言うことはみんなよく聞く」

ゆかりはため息をつき、手を振った。

「もーいい。女ターザンは引っ込んでて」

「食べ物もってこよか」

「それじゃハンストにならないでしょ！」

「ほい。じゃあ戻るよ」

マツリはすたすたと歩み去った。

その時、保安部のハマーが駐車場に入ってきた。

ドアが開き、コンクリートの地面にハイヒールが乾いた音をたてた。

燕脂色の人影が降りて、こちらにやってきた。六十度ほど離れて群がる主任たちを無視して、まっすぐ歩いてくる。

何気なくそちらを見たゆかりは、一瞬目を疑い——そして受け入れた。

あの人物に限って、予告なしに世界の果てに現れてもおかしくない。

「お母さん、何しにきたの」

「シドニーでパシフィコの会議があるから、ちょっと寄ったの。元気そうじゃない」

「そう見える？」

「体型、ぐっと引き締まったわよ。その宇宙服すてきね。ラインがもろに出るんだ」

「恥ずかしいったらありゃしない」

「そんなことないって」

「あの、失礼ですがあなたは……」

那須田がそばに来て言った。

「ゆかりの母の、森田博子と申します」

「おやおや——ずいぶん急のお出ましですな。私、所長の那須田ですが」

「以前電話でお話しした方ね。ついでがあったので寄ってみたんですの。それにしても、ちょっと驚きましたわ」

那須田は頭を掻いた。

「いや、こういうことになって誠になんと申しますかその……」

「ロケット基地っていうから、ハイテクビルが並んでるかと思ってたんですけどね。こんなコンクむきだしの壁じゃ熱効率が悪いし、見栄えもさっぱりですわね。もっとこう、ここは宇宙への入口なんだっていうコンセプトを強調すべきじゃありませんこと？」

「は……」

ゆかりの母は建築デザイナーである。

新しい場所に来ると、まず建物に目がいく。建物がなければ、何を建てようかと考えるたちだった。

ゆかりは母の袖を引いた。

「そうじゃなくて、私ハンストやってんの」

「ああこれ？……仕様変更断固反対か。どういうこと？」

ゆかりはいきさつをひととおり説明した。

博子はさらに、ロケットの打ち上げ手順などをいろいろ質問した。

「……だいたいわかったわ。開発の方はいらっしゃる？　あのへんがそうかしら？」

博子は主任たちを指さして言った。

「そうですが」と、那須田。

「ちょっと集めていただけるかしら」

「ええまあ。……おい、みんな来てくれ」

一同が集まると、博子は言った。

「要するにゆかりとしては、実績のない燃料を使うのが気に入らない。だったら実績を作ればいいわけね。そうでしょ？」

「しかしあと二ヵ月で打ち上げなきゃいけないんです。これは絶対条件です。そして本番用の燃料が完成するのも二ヵ月後なんです」

向井が説明した。

「だけど発射台は二つあるんだもの、テスト機とゆかりが乗るのと、二機同時に用意すればいいでしょ。打ち上げから軌道までたった六分って聞いたわ。テスト機を六分前に打ち上げて、うまくいったら即本番に入ればいい」

「二機……事実上同時にですか？」

「二機といわず、十機ぐらいまとめて作ればいいのよ。そのほうがコストが下がるし、少なくともその十機ぶんは仕様変更もなく、ゆかりも安心して乗れるわけよ」

「私十回も乗らないってば」

「誰が乗るにしてもよ」

博子は那須田に向き直った。

「新技術に自信があるなら、それぐらいやらなきゃ。有金《ありがね》はたいて量産するの。自動車だったら新製品発表があるとすぐ購入できるでしょ？　ロケットだって同じよ！　ソロモン宇宙協会のニューコンセプト・マシンを、即納態勢で全世界にアピールするのよ！」

「素晴らしい！」

那須田は手を打った。

即断即決ではこちらもひけをとらない人物である。

「ゆかり君、そういうことなら納得するかね。直前に同型機でテストするなら？」

「……まあ、ね」

「素子君、この工場で新燃料を十機ぶんまとめて作れるかね？」

「できると思いますけどぉ……」

「向井君はどうだ。ロケットは何機できる？」

「二機ならなんとか」

「いや、製造ラインをうまくリストラすれば、三機はいけますよ」

「き、木下さぁん……」袖を引く向井。

「いや、テスト機が小さなトラブルで飛べなくなってもこの計画はジ・エンドなんだ。予備にもう一機あれば格段にリスクが減る」

プロジェクト・マネージャーはそう判断した。

「よし、決まりだ。三機でいこう！」

那須田はポンと手を打った。

「諸君、忙しくなるが、これからの二カ月が正念場だ。ただちに作業にかかってくれたまえ！」


ゆかりの母は、夕方の船でガダルカナルにトンボ返りするという。

基地正門には、張の手配したトヨペットが待っていた。

「お母さん」ゆかりは言った。

「ん？」

「基地のヘリで行けば、あいつに会う時間ぐらいあると思うけどな」

博子は、首を振った。

「今度でいいわ」

「そう」

博子は乗車して、窓越しに言った。

「ハンストだけど、あんたにしちゃ上出来だったわ」

「そう？」

「自分から動かなきゃ、仕事は楽しくならないものよ。自分の枠をはみ出すぐらいにね」

「そうかな」

「結構やみつきになるかもよ」

「まさか！」

車が動きだし、二人はそこで別れた。

第六章　真夜中のインタビュー

ACT・1

「はーい、じゃあ二人とも、今度はヘルメットかかえて並んで——いいよぉ」

カシャシャシャーカシャシャシャーカシャシャシャー
モータードライブの作動音がロケット組立工場に響く。

バックはLS－5Aのメインノズル、その前に立つのは宇宙服姿の二人。

シャッターを押すのは三週間前に発足したばかりの広報課職員、竹内淘吾《たけうちとうご》二十六歳。写真家の卵として世界各地を撮影旅行するうちに、この基地に居座ってしまった変わり種である。

竹内は愛機OM4T·iを縦に構えた。

「マツリちゃん、片膝ついて」

「ほいほい」

「ゆかりちゃん、半歩開いて左手を腰に――そうそう」

カシャシャーカシャシャーカシャシャー
「ほらほらゆかりちゃん、もっと愛想よく」

「いつまでやんのよ」

ゆかりは仏頂面《ぶっちょうづら》で言った。

「ここはもう終わる。あとは訓練シーンのショットがあればいいんだ。遠心機にプロシージャ・シミュレーターにプール」

竹内が指折り数えるのを、ゆかりはうんざりした顔でさえぎった。

「ついでの時でいいでしょ」

「今日中にあげたいんだ。でないと紅白だのレコード大賞だのの、年末特番に割り込めなくなるからさ」

「宣伝なんかどうでもいいじゃない。有人飛行が成功すればさ」

「こういうビッグ・プロジェクトは成果をアピールしなきゃ成り立たないんだよ。だからちゃんとした、写真入りのプレスキットを作ってマスコミを集めなきゃ」

「プレスキットって?」

「マスコミ各社に配布する資料さ。計画の概要から基地への交通まで、取材に必要な情報がたっぷり盛り込んである」

「ふーん……」

「宣伝してもらうんだから、これくらいのサービスはしないとね」

「でも、なんか嘘っぽいなー」

ACT・2

「話し合っておきたいことが、ひとつある」

ゆかりが所長室に入ると、那須田はおもむろに切り出した。

「我々はいよいよ世界の表舞台に出る。国際協力事業の衣を着てはいるが、これは日本初の、独自技術による有人宇宙飛行だ――その主役は誰だかわかるかね？」

「……私？」

「そおだ。史上最年少の女性宇宙飛行士、しかも乗るのは単座の宇宙船、とくれば世界中のマスコミの注目を一身に受けることはまちがいない」

「まー、覚悟はしてるつもりだけど」

「君は、どんなインタビューにも愛想よく、丁寧に答えなくてはならない」

「げっ」

「宇宙飛行士はプロジェクトの看板なんだ。世間の評価はマスコミがつくり、マスコミの評価は君の応対次第だ。これは宇宙飛行そのものと比肩する、プロジェクトの存続に関わる重要な任務だと言っていい。耐えてくれるな？」

「うーん、まあ……」

「かたじけない。マスコミは君のすべてを知り、報道しようとするだろう。生年月日、血液型、好きな食べ物、恋愛体験」

「だろーなあ」

「それよりも何よりも」

那須田はたたみかけた。

「君の家庭環境にはマスコミを狂喜させるネタがどっさりある。世界をまたにかけて飛び回る建築デザイナーの母。新婚旅行で失踪し、先住民族の酋長になった父。その父が村の女シャーマンに産ませた腹違いの妹……」

うなずくゆかり。

「やろうと思えば、こうした事実を隠すこともできる。君は単なる観光旅行で島に来た。マツリの父は部族にまぎれこんだ旧日本兵の孫にでもしておく。小さな島だから、ちょいと根回しすれば可能だろう」

「うーん……」

「嘘も方便だ。このほうがスキャンダラスな取材攻勢でペースを乱されずにすむと思うんだがね。打ち上げまであと二十日、自分じゃ平気だと思っていても、いろんなプレッシャーがかかってくるもんだぞ」

少し考えて、ゆかりは言った。

「ま、やめときます」

「ほう？」

那須田は眉を上げた。

「すべて開陳していいのかね？」

「嘘つくのやだし、この機会に、もう母子家庭じゃないって宣伝するのもいいかな、と」

「ほう……？」

「うちは母親があぁだから貧乏はしなかったけど、それでも結構気をつかわれたりするんです。あんなのでも父親は父親だし、せっかく見つけたんだし」

「そんなものかね」

「あのバカ親父に、ちょっと仕返ししてやりたいってのもあるかな」

「父さん、極悪人扱いされるぞ」

「事実だもん」

那須田は秘かに嘆息した。下手に子供をつくると、こういうこともあるのか……。

「娘の君が言うなら、そうなんだろうな」

部屋を出るとき、ゆかりは言った。

「そうそう、家庭の事情、いろいろ聞かれるの面倒だから、プレスキットに書いちゃってください」

「わかった。秘密主義はやめておくよ」

ACT・3

基地からタリホ族の村まで、ヘリコプターで五分もかからなかった。

広場の上空でホバリングする機体からスリングで降りてきたのは、マツリだった。

ヘリが去ると、マツリはどたどたと酋長の小屋に上がった。

「ほーい、とうちゃん、元気かっ！」

「おお、マツリか。よくきたな」

酋長——森田寛は相好《そうごう》を崩して娘を迎えた。

「ヘリコプターとは豪勢だなあ、マツリ」

「うん。さいきん管制訓練が忙しくて時間がない。だから昼休みに飛ばしてもらったよ」

マツリは父の前にあぐらをかいて座った。

「そーかそーか、文明もいいもんだな。……で、何か用事か？」

「時間がないから短く言うよ」

腕時計——支給品のオメガ・スピードマスター——にちらりと目をやると、マツリは言った。

「ゆかりの打ち上げが今月の二十七日になった。そのすこし前に、テストのロケットも上げる」

「ほうほう」

「だからこの二つのロケットには、誰も呪いをかけてはいけない。けっして花火にしてはいけない」

「なるほど。そりゃ気をつけないとな」酋長はまじめな顔で言った。

「マツリはゆかりの無線支援をするので、村にいられない。だからここはとうちゃんが、みんなをしっかり導いてほしい」

「よし、まかせろ。十二月二十七日まで、ロケットには絶対呪いはかけさせせん」

「しっかりたのむ。かあちゃんは？」

「トトは精霊の家にこもってる。夜まで出てこんぞ」

「そか。じゃあ明日かあさってにもう一度来て、かあちゃんにも話すよ」

マツリの母トトは魔法使いである。マツリとしては、酋長とトトの両方に話をつけておかなければ安心できなかった。

「そうしなさい。ときに、ゆかりはどうしてる？」

「ジュケンの時みたいにしんどいと言ってるよ。早くアルバイトを終えて、とうちゃんと日本に帰りたがってる」

「そういやそんな話もあったなあ……」

父の顔を見て、マツリはにっと笑った。

「とうちゃんが日本に行かないと、ゆかりは怒るよ。この大嘘つき！　ってね」

「だろうなあ」

酋長も苦笑した。

「あんなロケットだから、恐くなってすぐ逃げ出すと思ったんだがな」

「終わった時のことだけ考える、とゆかりは言ってた。ジュケンもそうやって乗り切ったって」

酋長はため息をついた。

「文明人も文明人なりに強いよなあ……」

「うん。ゆかりはわりと強いよ」マツリは嬉しそうに言った。

「だがまあ、本当に宇宙へ行くとなると、いろいろあるだろう」

酋長は念を押すようにマツリを見た。

「しっかり護ってやってくれ。あれでもわしの娘だからな」

「まかせて、とうちゃん！」

マツリは全身でうなずいた。

ACT・4

ゆかりが所長室に怒鳴りこんだのは、写真撮影から一週間後のことだった。

バシッ！

所長の机に刷り上がったプレスキットを叩きつけて、ゆかりは吠えた。

「どーゆーことですか、これはっ!!」

「というと？」

「嘘八百じゃないですか!!」

「どこがだね」

「ここですっ!!」

ゆかりが突き付けた指の先には、こんな文章があった。

……基地を訪れた森田ゆかりは、一目でロケットのとりこになりました。子供の頃から宇宙にあこがれていた彼女にとって、それは運命の出会いとも思えました。そして、ぜひ自分をロケットに乗せてくれと那須田所長に頼み込んだのです。

その熱意にうたれた所長は、ただちに適性検査を実施しました。そして彼女の並外れた運動能力と集中力、忍耐力を認めたのです。

こうして、史上最年少の女性宇宙飛行士が誕生することになりました……

「私が、いつ、ロケットのとりこになったってのよ!!」

「いわゆるレトリックという——」

「事実の歪曲《わいきょく》だっ！　修正してください！」

「もう発送しちゃった」

「な……」

絶句するゆかりに、那須田は言った。

「守秘義務についてはわかっているはずだ。スキンタイト宇宙服と新型燃料の素材、そしてLS‐5Aの輸送能力——これが君ぐらいの体重しか運べない事実は極秘事項なんだ。となれば、こちらから体重の軽い君に任務を依頼したことは伏せなければならない」

「だからって、私個人の気持ちを勝手にでたらめ書いていいわけないでしょ！」

「これは任務だ」

那須田は言った。

「年間百億の金が動く計画だ。ナイーブに、なんでもありのまま話せばいいってもんじゃない」

「まず本人に断わるのが筋ってもんでしょ」

ゆかりは言った。

「前から思ってたけど、こういうデリカシーの欠如にはもううんざり。記者には言いたいこと言わせてもらいますからね！」

「待ってくれ！」

退室しようとするゆかりを、那須田は中腰になって呼び止めた。

「聞いてくれ。——これは我々の夢なんだ」

ゆかりは足を止めた。

「多くは望まん。少しだけ、心を向けてくれんか。宇宙に行きたくても行けない者が、ここには大勢いる。そいつらがどんな気持ちで君を見守っているのか」

「……」

ゆかりは、木下のことを思い出した。

「君が望んで宇宙飛行士になったわけじゃないことは、誰でも知ってる。だが本当に、心の底から嫌々やってるのか？——いや、答えなくていい——ただ、そうじゃないと皆は思いたがってるんだ。この嘘はプレスにだけじゃない、基地の連中のためにつくんだ」

ACT・5

ソロモン宇宙基地のプレスキットが届くと、報道各社はただちに反応した。太平洋上の衛星回線が競争で確保されると、巨大な荷物をかかえた中継スタッフや記者、カメラマンの一行が続々と島に上陸した。

TV関係者だけでも日本から六社、共同通信やアメリカ三大ネットワーク、CNNもいる。ショルダーバッグ一丁の雑誌記者まで含めると、報道陣は総勢四百人を越えた。

報道陣の一行は通行証を受け取ると、割り当てられた基地内のプレハブ宿舎に陣取った。周囲の空き地は、たちまち組立式のパラボラアンテナが林立した。

最初の記者会見は打ち上げの一週間前、十二月十九日に行なわれた。

会場となった大会議室には、マイクとカメラの放列が敷かれている。

その焦点で、まばゆいフラッドライトの光に照らされているのは、那須田、ゆかり、マツリの三人。

二人の宇宙飛行士は、広報課職員がシドニーまで出向いて買ってきたというピンクのブレザースーツを着せられていた。那須田も一張羅《いっちょうら》のスリーピースで決めている。熱帯地方にありがちな、強烈な冷房が効いているものの、この熱気の中では少々暑苦しい身なりだった。

会見は那須田の演説から始まった。有人宇宙飛行の意義に始まり、人と貨物を別送するシステムのメリットや、新型ハイブリッド・エンジンの経済性について熱弁をふるう。

記者のほうはといえば、早く少女宇宙飛行士のコメントがとりたくて仕方がない様子だった。

那須田の演説がコンマ二秒ほど途切れた隙をついて、記者の一人が言った。

「ではゆかりさんに伺いますが」

「ボーイフレンドはいますか？」

そらきた、とゆかりは思った。

これが宇宙飛行士に対する質問か？

だが記者は大まじめで、失笑をもらす者もいない。

まあいい——さっさと終わらせてやる。

「いません」

「好きな歌手は」

「ZIMAとか」

「好きな食べ物は」

「天津飯店のハーガウ」

「クラブはどこに？」

「陸上部」

「血液型は」

「A」

「兄弟はいますか」

ゆかりはうんざりしてきた。

「プレスキットにあるとおりです」

「あのー、ご自分の言葉で話していただきたいんですが」

「兄弟はいません」

「宇宙で生理が始まったらどうしますか？」

女性記者が聞いた。

ゆかりは事実をありのまま話すことにした。

「宇宙服の採尿装置でカバーできますし、打ち上げの時期に配慮してありますから」

「打ち上げが延期になったらどうしますか」

「最悪の場合はバックアップと交代します」

「症状は重いほうですか？」

「んなこと聞いてどーすんですか」

むっとして切り返すと、たちまちストロボの集中砲火をあびた。

今の顔が週刊誌のグラビアを飾るのか、と思うと、ゆかりはげっそりした。

それから、家庭環境に矛先《ほこさき》が向いた。

「お父さんのことをどう思いますか」

「無責任だと思います」

おーっ……。きっぱり答えると、場内がどよめいた。

女性記者が猫なで声で聞いた。

「それじゃあゆかりちゃんは、お父さんのことを許せないですか？」

「今後の展開次第です」

「といいますと？」

「日本でまじめに再出発するようなら、見直すこともあると思います」

「お父さんを連れて帰国した後はどうしますか？　芸能界デビューの噂もありますが」

「普通の女子高生に戻ります」

記者たちはいっせいに笑った。

なにが面白いのか、ゆかりにはさっぱり理解できなかった。記者も、お義理で笑うものなんだろうか？

「お父さんが新婚旅行の最中に失踪した理由について、心当たりはありますか」

「ないですけど……」

言葉尻が、細くなる。

質問されるとは思っていたが、どう答えるか、判断を保留したままだった。

これはゆかりにとっても、いまだ謎だった。

魔法で呼ばれたなんてことは信じてない。

要するにあれは、タリホ族による誘拐だったのか？　それとも母と喧嘩でもしたのか？

「失礼ですけども、お父さんに心の病気があったということはありませんか？」

あるかも知れない。

ゆかりは思ったとおりに言った。

「あるかも知れませんね」

別の記者が言った。

「マツリちゃんとは異母姉妹にあたるわけですが、同時にバックアップの宇宙飛行士でもあるわけですね？」

「そうです」

「最初の宇宙飛行の座をめぐって、ライバル意識を持ったりしますか？」

「まったくありません」

記者はいぶかしげな顔になった。

「しかし、もしあなたが怪我や病気をしたら、たちまち交代させられるわけで——」

大いに結構なことだ。

もっとも、故意に交代をねらう気持ちは、今のゆかりにはなかった。やるべきことをやってこそ、心おきなく父を責められるというものだ。

「——そうなると、互いに気まずくなったりしませんか？」

「一番乗りにはこだわりませんから」

「ははあ。そのへん、マツリちゃんのほうはどうですか？」

「急いで行くことないね」

マツリは屈託のない顔で答えた。

「ゆかりさんは一番乗りとおっしゃいましたが、ということは、誰が乗るにせよ二度目、三度目があるわけですね？」

「まあ……そうでしょうね」

「もちろんです！」

那須田が割り込む。

「我々の技術が成熟すれば、毎週のようにロケットを打ち上げることになるでしょう！」

「それではゆかりさん」

記者たちは、すばやくゆかりに戻った。

「宇宙船の『タンポポ』という名前はゆかりさんの命名だそうですが、そのいわれは？」

「花にしようと思ったら、桃や桜やひまわりはもう使用済みだったので」

「ゆかりさんはたった一人で宇宙飛行するわけですが、恐くありませんか？」

「ロケットはよく仕上がっていますし、無線での支援もありますから、特に不安は感じていません」

「宇宙に行ったらまず何をしたいですか？」

「時間に余裕があれば、地球の姿をしっかり見たいと思います」

「宇宙飛行士になりたいと思ったのはそのためですか？」

「え――……」

那須田がこちらを見る。

懇願のまなざしだった。

ゆかりは答えた。

「ええまあ」

「それはいつ頃からですか？」

「えー……小学生の頃かな」

「そのきっかけは何ですか？」

「えー……」

考えてなかった。

ゆかりは必死に頭をめぐらせたあげく、日本人で最初にスペースシャトルに乗った男の話を思い出した。

「日食を見たのがきっかけで」

その記者は天文イベントに詳しかった。

「ほほう。小学校の時というと、沖縄金冠食《きんかんしょく》ですか？」

「えー……」

ゆかりは汗をぬぐった。

「よく憶えていません。テレビで見たので」

「ああ、なるほど」

記者は納得したらしかった。

「これからも、もちろん宇宙飛行士を続けて行きたいですよね？」

「ええ……まあ。ただ高校があるので」

「といいますと？」

「新学期までに学校に戻らないと」

「それはつらいでしょうね」

「自分のかわりに、より多くの人に宇宙を体験してほしいと思いますので」

おーっ、という声がひろがる。

記者たちは、心底感動した様子だった。

ゆかりの、嘘に嘘を重ねる日々は、こうして始まったのだった。

ACT・6

「開けちゃだめ！」

カーテンを開けようとするマツリを、ゆかりは鋭く制止した。

「なんで？」

「望遠レンズで狙ってるでしょ」

「ほー、そかそか」

基地内を徘徊する報道陣は、いまや二人の宇宙飛行士の私生活に肉薄していた。

宿舎を含む基地の施設はすべて、無許可での立ち入りを禁じている。だが、報道陣のベースキャンプも基地内にあるので、その気になれば宿舎のすぐ外に来ることもできた。

「どーせ今ごろ、『いま二人のお部屋の明りがつきましたぁ。訓練を終えて宿舎にもどったようですー』なんて言ってるのよ」

ゆかりはふくれっ面で言った。

「連中と来たら報道の自由、なんて屁理屈こねて、平気でこっちのプライバシー暴こうとするんだから」

「うん。『我々には知る権利がある』って言った人いたね」

マツリはヘアブラシをマイクのように持って、真似て見せた。

「知る権利ってなんなのよ。誰が決めたっての、そんな権利」

「さー」

「マツリ、今日は宿題ある？」

「ないよ」

「じゃあさっさと寝ちゃおう」

「そだね」

二人がパジャマに着替え、ベッドに潜り込もうとした、その時。

ばーん、とドアが開いた。

ハロゲンライトの後光をしょって、女性レポーターが飛び込んできた。後ろにはカメラ
マンとライトマンもいる。

「どもども～!!　フジミテレビ突撃レポーターの桃井敬子ですーっ!!　もー寝てたかな
ぁ？　とりあえず失礼しまーっす!!」

知性を疑うような声で言う。

「ちょっと、部屋に入るなんて許可出てるの？」

「うん、まーそれなりに」

「それなりってどういうことよ」

「そんなことよりお話聞かせてほしいんですけどぉ」

突撃レポーターは一方的にインタビューを開始した。ゆかりはカメラマンに言った。

「撮らないでよ、こんな格好」

「あらぁ、そのパジャマとっても可愛いわあ！　ゆかりちゃんが選んだんですかぁ？」

気力が萎《な》えてきた。

こんな愚問に愛想よく答えろというのか。

だが、じゃけんに扱えば相手の思うツボ、あることないことオンエアされてしまう。おバカに見えても相手はプロ、こちらの反応を引き出す手管をわきまえている。

ゆかりは仕方なく、必要最小限の返事をすることにした。

「需品部《じゅひん》が勝手によこしたんです」

「あっらーっ、パジャマも自分で選べないなんてカナシイですねー!! 宇宙飛行士ってほんっとに自由がないんですねー」

「そう思ってもらっても結構ですが」

「ところでぇ、噂によるとあのカプセル、ゆかりちゃんみたくスリムでないと乗れないそうなんですけどぉ、これホントですかあ?」

「そんな噂は聞いてないです」

「じゃなくてえ、ゆかりちゃんなら知ってるんでしょう、ホントのコト。宇宙飛行士が知らないわけないですよねー」

「仕様の一部は非公開ですからコメントできないんです」

「体の小さな女の子しか乗れないから、ゆかりちゃんが無理やりやらされてるって説も出てるんですけどぉ、これについてはどうですかぁ?」

「私は……」

ゆかりは唇を噛んだ。

また、嘘だ。

「私は、好きでやってるんです」

「でもぉ、バックアップのマツリちゃんも同じ体格ですよねえ？」

「マツリも好きでやってるんです。でしょ？」

「うん、そだよ」

「それじゃあ、以前男性の飛行士がいたって話もあるんですけど、彼はどうしてやめたのかなあ？」

どこまで知ってるんだ、こいつは。

「そんな話は知りません」

「ロケットがあんまり危険だから、逃げ出したって話もあるんですけど？」

「知らないんです」

「打ち上げの記録を調べたんですけどぉ、最近ずっと失敗続きでしたよねー。怖くありませんかぁ？」

「失敗したのは別のタイプですから」

「それがなんで急に、小さい旧型ロケットに戻ったのかしらぁ？」

「知りませんっ!!」

ゆかりは吠えた。

「あらー、なんでそうムキになるのかしらぁ」

「これから寝ようって時におしかけられて根掘り葉掘り聞かれたら、ムッとして当然でしょっ!!　出てってよ!!　早く!!」

ACT・7

母から電話がかかってきたのは、マルチアクシス・トレーナーの訓練中だった。

装置が止まり、さつきが手招きする。

ゆかりは管制卓で受話器をとった。

『やほっ！　アイドルさん、元気してた？』

「私だけど」

ゆかりは、カチンときた。

「何よ、アイドルって」

『こっちじゃすごい人気よぉ。たった一人で宇宙に挑む勇敢な女子高生ってさ。今だって家の前に中継車が来てて、「奥様三時です」に出演するんだから』

「あることないこと言わないでよね」

『大丈夫、機密事項の件なら所長さんから聞いてるって。ちゃあんと口裏合わせてるんだから』

「そうじゃなくて、小さい頃おねしょしたとか、そういうこと」

『そんなかっこわるいこと言うもんですか。言ってるのは学力優秀で名門校に入ったとか、陸上の神奈川大会で準優勝したとか」

「そーゆーのもやめてよ！」

『いいじゃないの。あたしだって娘自慢したいし』

「やめてったらやめて！」

『もうあちこちの局に言っちゃったよ』

「今からでもやめてよ！」

『日本人ねえ、ゆかりも。誇れることは誇らなきゃ。宇宙飛行士なんだからさ、もっとグローバルにいこうよ』

「誇ることなんか何もないよ！」

『……やけに頑固ねえ。まあいいわ。これから中継なんだけど、ディレクターさんが母子の会話がほしいっていうのよ。この電話でね』

「それも嫌！」

『なによ、簡単じゃない。あたし、娘を心配する母親役やるからさ、ゆかりは適当にフォローしてくれれば』

がっちゃーん!!

ゆかりは受話器を力一杯叩きつけた。

それが壊れてないのを見ると、ゆかりはそばのパイプ椅子をつかみ、振り下ろした。

電話台がひっくり返り、コードの切れた受話器が部屋の反対側まで転がった。

管制卓のさつきが腰をあげた。

「ちょっと、ゆかりちゃん――」

「壊してやる、こんな電話」

「ゆかりちゃん、落ち着いて」

「大っ嫌いよ、こんな電話」

「落ち着きなさい!」

「こんな、こんなの――」

なおも椅子を振り回すゆかりを、さつきは背後からはがい絞めにした。

右手で白衣のポケットからケースに入った注射器をとりだし、目にも止まらぬ早業でゆかりの右上腕に突き立てる。

装填済みのケタミンが筋肉に注入されると、ゆかりはすぐにおとなしくなった。

長椅子にゆかりを横たえると、さつきはひたいの汗をぬぐった。

「ゆかりちゃんも御多分にもれず、か」

そうつぶやいて、注射器をケースに戻す。

「打ち上げ前になると、手放せないんだな、これが……」

飛行士だけではない。あと五日——基地中がストレスをためる時期だった。

ACT・8

午前二時。

上のベッドがごそごそと揺れ、そのへりからマツリが、逆さまに顔をのぞかせた。

長い髪が、どさりと垂れる。

「ほい、ゆかり。眠れないのか？」

「……わかる？」

「よくわかる。だからこっちまで眠れない」

「ごめん」

ゆかりは詫びた。

昼間、少し眠らされたのが効いているのだろうか。

肉体は疲れきっていて、いいかげん眠りたいのに、頭が冴えてどうしようもなかった。

マツリが言った。

「また、めんどうな考えしてる？　それで眠れないね？」

「めんどうってわけでもないけど」

ゆかりはため息をついて言った。

「文明人はね、いろいろ悩みがあるの」

「ふしぎだね」

マツリは言った。

「いっしょに寝て食って、訓練してるのに、ゆかりだけ悩む」

「まあね」ゆかりは陰鬱に答えた。

「よし、ゆかり、魔法で治してあげよう」

「魔法はもういいって」

「絶対きくよ。怖くないし簡単。とてもすっきりする」

「歌ったり踊ったりはいやよ」

「大丈夫、とても静か。それにお金いらない」

「そりゃそうだろうけど」

「よしやろう。起きて起きて」

マツリは嬉しげに言った。

まあ、やって損はないか……。

なんとなく、ゆかりもその気になった。


「精霊の通り道がいるね」

そう言って、マツリは窓を細く開けた。

月光の差し込む部屋の中で、マツリはパジャマを脱ぎ、腰蓑《こしみの》と装身具を身につけた。

「ゆかり、ここに膝ついてすわる」

言われるまま、ゆかりはひざまずいた。

マツリは目の前に立った。右手に槍を持ち、左手をゆかりの頭に置く。

それから、歌い始めた。

前に渚で聞いた、詠唱のような歌だった。

歌いながら、槍を小さく振る。貝殻の腕輪が、澄んだ音を立てた。

「楽にして。眠くなったら寝てもいい」

マツリはそう言い、また歌にもどった。

ゆかりは目を閉じた。歌は、不思議に心地よく響いた。

ふーん、けっこう効きそうじゃないか……。

しばらくして、ゆかりは言った。

「もう眠れそう」

「じゃあ寝よう。おやすみ、ゆかり」

「うん」


眠りについた、その矢先。

部屋にまた、突撃レポーターが現れた。

「こんばんわー。もう寝てた？　ほれほれ、起きよう、ゆかりちゃん」

「うー……また来たの？」

宿舎には絶対入れないよう、保安部にきつく言ったのに。

そう思いながらも、ゆかりはベッドを出た。

今度は、女性レポーター一人だった。

前回と違って、小柄で髪が長く、肌は小麦色に焼けている。見覚えのある顔だが、どこの局だったか思い出せない。

奇妙なことに、カメラも録音機もなく、マイクのようなものだけ持っている。

だが、ゆかりはなぜか、疑問を追求する気になれなかった。こういうスタイルもあるんだろう、と勝手に納得する。

インタビューが始まった。

「ゆかりちゃんが宇宙飛行士になったきっかけは何ですか？」

またか、と思いつつ、ゆかりは答えた。

「親父を探しにここへ来たら、サイズがちょうどいいから宇宙飛行士やってくれって頼まれたの。……最初は楽なアルバイトだよって言ってね。でも、そのかわり父の捜索、手伝うっていうし」

「ほー、そうだったんですかー。でも父ちゃんはもう見つかってるね」

「うん。でも引き受けた仕事は最後までやれって言うから——あの無責任男がさ」

「それで仕方なくやってる？」

「まあね」

「宇宙飛行士の仕事は楽しくない？」

ゆかりはうなずいた。

「訓練きついし、ロケット危なっかしいしね。ちっぽけで輸送能力ないのに、無理にブースターつけてるでしょ」

「そだね。じゃあ誰かに代わってほしい？」

「そう思ったこともあったな」

「今はちがう？」

「うん。……ここまできたら、一度くらい宇宙に行きたいっていうか。こっちもいろいろ注文だしてるし――ソロモン病がうつったかな、すこし」

「それはいいね」

「よくないって。ここの連中って、変なのばっかりよ。他人の迷惑考えないしさ――まあちょっと可愛いとこもあるけど」

「それじゃプレスに言ってることも全部嘘ではないね？　宇宙に行きたいって」

「そうかな。でもさ……」

「ほい？」

「そーゆーことは、自分の言葉で言いたいじゃない？」

「そだね」

「私さ、人に媚《こび》売るって絶対嫌なんだ」

「うんうん」

「嘘つくのも大嫌い。嘘つくと、全力出せなくなるもん」

「今日は本当のこと言えてよかったね」

「うん」

「じゃあ、ぐっすり寝るといい」

「うん。おやすみ」

「おやすみ」

そう言うと、レポーターは姿を消した。

ゆかりはベッドに戻り、今度こそ、深い眠りに落ちた。


翌朝。

ゆかりは珍しく爽やかな気分で目覚めた。

「あー、よく寝た……」と、大あくびする。

「ほい、おはよう、ゆかり」

例によってマツリはもう起きて、着替えをすませていた。

目をこすりながら、ゆかりはふいに昨夜の出来事を思い出した。

「ねえ。ゆうべのインタビューの時、マツリいたっけ？」

「ぐっすり寝ててわからなかったよ」

「へえ……そっか」

「どんなこと言った？」

「うーん……」

ゆかりは首を傾《かし》げた。

「憶えてないなあ。どうせいつもどおりのこと言ったんだろうけど」

マツリはそばに来て、にっと笑った。

「だいぶ慣れたね、ゆかり」

「そうかもね。慣れってこわいね」

妙におかしくなって、ゆかりもくすりと笑った。勢いよくベッドを飛び降り、洗面台の鏡に向かって拳をふるう。

「打ち上げまであと四日、やるぞー！」

第七章　長すぎた秒読み

ACT・1

十二月二十六日、午前八時。

発射台にはまだ小山のような白煙が残っていたが、スクリーンは無人ロケットの望遠映像に切り替わっていた。

「Tプラス百二十八、百二十九……固体ブースター燃焼終了」

木下のアナウンスが管制室に響く。

ロケットはすでに百キロの彼方にあり、スクリーンの中で小さな松明《たいまつ》のように揺れていた。その光点から、二つの塊が薄煙をひいて分離した。

「固体ブースター、切り離し成功」

ゆかりの隣で、那須田が小さくうなずいた。

この先はメインブースター単独の仕事になる。成否は三原素子の開発した新型燃料にかかっていた。異常燃焼があれば、薄いジュラルミン製の燃焼室はかんたんに破れてしまう。

「保《も》ってくれよ……」

那須田がうめくようにつぶやいた。

握りしめた指が白い。

ゆかりはじっと望遠映像を見つめていた。

隣の発射台には、すでに有人カプセル『タンポポ』を載せたLS－5Aが設置され、発射準備も最終段階に来ている。

この無人テスト機『パスファインダー』が成功すれば、明日は自分の番だ。

離昇より三百十秒経過。

「メインブースター、燃焼終了……二段目セパレーション成功。キックモーター点火……全装置正常」

ため息のもれる一瞬があり、次いで拍手が広がった。

「まだだ。まだだぞ！」

那須田が怒鳴った。

「クリスマス島の通報を待て。喜ぶのはそれからだ！」

ロケットの成功にはいくつもの段階がある。メインブースターの燃焼が正常終了すれば実験としては成功だが、無人カプセルが軌道に乗らなければ完全ではない。

十一分後、四千八百キロ離れたクリスマス島追跡管制センターから通報が入った。

木下が短く応対した。

受話器を置くと、木下は静かに言った。

「クリスマス島がパスファインダーを捕捉しました。実測値——軌道傾斜八度、高度二百十キロ、速度七・七九キロ秒です」

言い終えて、顔をほころばせる。

抑えられていた歓声と拍手が爆発し、素子が、ついで向井が胴上げされる。

那須田が、昂然とした顔でこちらを向いた。

「おめでとう。いよいよ君の番だな！」

と、汗で濡れた手を差し出す。

「……ええ」

軽い生理的嫌悪をおぼえつつも、ゆかりはその手を握り返した。

実は、ゆかりの手も濡れていた。

ACT・2

訓練過程は終了していたが、記者会見や診察や飛行計画の打ち合わせで、最後の一日はまたたく間にすぎた。

ずっと、頭の片隅がツーンとしびれているようだった。幽体離脱したような、奇妙な浮揚感もある。

しかしゆかりは、自分でも意外なほど平静だった。

受験前夜もこうだった。やるべきことはやって、あとは天命を待つのみ、という心境である。

「もっと、じたばたすると思ったけどな……」

ベッドに入る前、部屋の明りを消してから、ゆかりは窓のカーテンを開けてみた。

訓練センターと本部棟のシルエットに挟まれて、熱帯の青白い闇が海岸まで続いていた。

遠く、波打ちぎわの発射台が浮き上がって見える。四方からサーチライトで白く照らされ、移動整備塔の鉄骨の中をエレベーターか何かがちらちらと上下していた。

「連中、今日も徹夜か。前日ぐらいゆっくり休めばいいのに……っても無理か」

無理だった。

発射台の地下の一室では、三日目の徹夜を迎えた向井が、さつきの点滴を受けていると
ころだった。

「注射一本で元気になる薬ってないの～？」

「ないない」

折り畳み式のベッドに横たわった向井は、恨めしげにさつきを見上げた。

「その瓶、中身何？」

「ソリタT3GにビタミンB・C」

「ビタミン剤じゃなくて、もっとこう、目の覚めるようなさあ……」

「あるけどあげない」

さつきはきっぱり言った。

「休養しないんなら、医者にやれることはないの。ビタミンの点滴が唯一の妥協点ね」

「朝まで保てばいいんだよ。正念場なんだ」

「朝まで寝るのがいちばんなの。せめて点滴すむまで二時間、ゆっくり休みなさい！」

ACT・3

午前三時、ゆかりはさつきのモーニング・コールで起こされた。

外はまだ暗い。

マツリとともに食堂に行き、ココナッツミルクと卵とトーストの朝食をとる。それからさつきの診察を受けた。体温、血圧、心拍、そして尿検査。

さつきは手早く診断書を書き上げると、二人を所長室に引率した。

那須田は赤く血走った眼で——彼もまた、一睡もしていないようだった——診断書に目を通した。

それから席を立ち、二人の宇宙飛行士の前に来た。

「森田ゆかり君。きみを我がソロモン宇宙協会における、初の有人ミッションのコマンダーに任命する」

「はい」

「マツリ君。きみはバックアップ・クルーとしてミッションの地上支援を行なう」

「ほい」

那須田は脂ぎった顔で二人を見較べ、それから「しっかり頼むぞ」と言った。

マツリは管制室に向かい、ゆかりは搭乗員控室に入った。

まず、さつきに浣腸をほどこされる。

それから本番用の宇宙服に身を固め、髪をまとめ、ヘルメットを装着した。二人の技術者につきそわれ、電話ボックスほどの真空チャンバーに入って気密をチェックする。異常なし。

続いて宇宙服に仕込まれた体温、血圧、心拍センサーをチェックする。異常なし。

午前五時。

ヘルメットをかかえて、ゆかりは訓練センターの玄関に向かった。さつきが先導し、左右には保安部員がつく。

玄関の外には、保安部のハマーが待機していた。その両側には報道陣が勢ぞろいしている。

ストロボがいっせいに発光した。

TVレポーターが「来ました！　いまゆかりちゃんが出てきました！　白い宇宙服を着て、こちらに歩いてきます！」と、黄色い声をあげた。

「そこで止まってください」

「眼線くださーい」

ゆかりは車の前で立ち止まった。

「なにか一言」

「ミスしないよう、頑張ります」

「ゆうべはよく眠れましたか」

「はい」

「御両親へのメッセージをひとつ――」

無視して、車に乗り込む。

「えー、ゆかりちゃん、少し緊張した表情をみせています」

ドアを閉める間際、レポーターがそう言うのが聞こえた。

車が発進すると、さつきが言った。

「うるさいったらないわね」

「うん」

車はVABの横を通りすぎ、移動発射台のレールぞいに走った。

東の空はもう紅《くれない》に染まっている。

発射台が近づいてきた。ロケットはまだライトアップされていたが、朝焼けの中ではシルエットに見えた。胴体中央から液体酸素の蒸気がたなびいている。報道陣はいない。

車を降り、コンクリートの長いスロープを登ると、作業員たちが勢ぞろいしていた。

投光器の光の中で、誰もかれも赤い眼をしているのがわかった。

「いよいよだね。ロケットは完璧に仕上がってるよ。まかせてくれ」

向井が、やつれた顔に精いっぱいの笑顔を浮かべて言った。

緊張をほぐそうとしているのがわかって、ゆかりは素直にうれしくなった。

「うん、ありがとう」

と、手を握る。向井は顔を赤らめた。

「へへ。しばらく洗えないな、この手」

「そーゆーこと言うからモテないんだって、理系の人は」

「そっかあ」

笑い声がひろがった。

ゆかりは作業員たちと次々に握手し、それが終わると、さつきとともに発射台のエレベーターに乗った。

地上二十メートルに上がると、女医は最後の問診をした。

「気分はどう？」

「完璧。あの約束、守ってよね」

「なんだっけ」

「医学モニターを大っぴらに表示しない件」

「ああ、まかせて」

「じゃ、行ってきます」

「気をつけて」

ゆかりはカプセルに続くアクセスアームを一人で歩いた。

作業員がカプセルのハッチを開いて待っていた。

「おはよう」

「いい天気になりそうですよ」

「うん」

「それじゃ、失礼して——」

作業員がゆかりの上半身を背後から抱きかかえる。ゆかりは足から先にカプセルに体を押し込んだ。

カプセルは船首を上に向けているので、ゆかりはあお向けの姿勢で席についた。座席はふくらはぎから腰、背中まで、ぴったり体に合わせて成形されている。

宇宙服のコネクターにケーブルをつなぎ、肩、胸、腰、膝を八本のハーネスで固定する。動くのは頭と両腕だけになった。

火工品関係の危険なスイッチ類の位置を確認し、電源のマスタースイッチを入れる。

空調装置ON。室内灯ON。

「閉めていいですか?」作業員が言った。

「うん。閉めて」

頭の十センチ上でハッチが閉まると、ゆかりは内側のハンドルを回してロックした。ハッチには小さな、カプセルでただひとつの窓がある。空と、発射台の一部と、作業員の顔が見えた。

ゆかりが親指を立てて合図すると、作業員は引き下がった。

やっと一人きりになれた。

ほっとした思いで、ゆかりは船内を見回した。

それは船というにはあまりにも小さく、宇宙服の延長と考えたほうがふさわしかった。鼻先四十センチに計器盤があり、その横にペリスコープの投影面がある。右側面にはスイッチがずらりと並んだヒューズパネル、左側面には手動操作のバルブ類がある。右手のアームレストの先には姿勢制御用操縦桿、左には緊急脱出用のアボート・ハンドルがある。

つまるところ、この船内にはせいぜい一個のビーチボールをふくらませる空間しかなかった。並の成人男子なら、ハッチをくぐることも難しいだろう。

ゆかりはもう、何十時間もこの席で過ごしてきた。どのスイッチも、目を閉じていても操作できる自信があった。

通信機のスイッチを入れ、船名を告げる。

「こちらタンポポ、管制室どうぞ」

『ほーい、ゆかり、感度良好だよ』

マツリの能天気な声が返ってきた。

「こっちも感度良好。船内時計は午前五時二十七分——二十秒」

『時刻確認、異常ないね。プリランチ・チェック始めるか？』

「うん」

『一、火工品セイフティ・ピン』

「ロック」

『二、姿勢制御ハンドル』

「ロック」

『三、アボート・ハンドル』

「ロック」

こんなチェックが、これからえんえんと繰り返されるのだった。

並行して、ブースター本体のチェックも進む。双方および周辺施設のすべてに問題がなければ、ロケットは午前八時ジャストに離昇を開始する。

六時三十八分。

五十ページにわたるチェックリストを最後まで読み終えると、ゆかりは聞いた。

「秒読みはどう？　ちゃんと進んでる？」

『実はさっきから止まってるよ、ゆかり』

「どうして？」

『ジャイロのひとつに赤がついた。装置は正常なので、センサーのせいかもしれない。たぶん三十分延期になるよ』

「了解。状況が変わったらおしえてね」

『ほい、もちろんそうするよ』

よくあることだ、とゆかりは思った。

パスファインダーの時だって、二時間近く遅れたじゃないか……。


秒読み再開を待つ間、ゆかりはこれからの手順を脳裏に描いた。

打ち上げ時のロケットは全高二十一メートル。ゆかりが座っているカプセルは地上十六メートルの高さにある。

カプセルの上には小さな緊急脱出ロケットがあり、下は最大直径二・四メートルのメインブースターが占めている。

メインブースターの左右には、大きな固体補助ブースターが連結されている。

打ち上げは、この三つのブースターに点火することで始まる。

ロケットはゆっくり、そして徐々に加速しながら東に向かって上昇する。

この時点でゆかりの仕事は、状況報告と緊急時の脱出操作だった。

ロケットに異常が発生すれば、左手でセイフティを解除し、脱出レバーを引く。まずカプセルが切り離され、もう一度レバーを引くと緊急脱出ロケットに点火してカプセルをブースターから引き離す。そして手動でパラシュートを開く。

それ以外の制御は、搭載コンピューターと地上からの遠隔操作で行なわれる。

宇宙飛行士がブースターの制御に介入することはできない。したくても、離昇中はGが大きすぎて、計器盤に手を伸ばすことさえ難しい。

ロケットは四十秒ほどで「マックスQ」と呼ばれる空の難所に突入する。空気抵抗が最大になる地点で、高度は一万メートル、速度は音速を突破している。この時は、振動が最も激しくなる。

二分十秒後、固体ブースター切り離し。

メインブースターの燃焼は継続し、機体が軽くなるにしたがってGはどんどん上がってゆく。

この段階では緊急脱出ロケットは用済みなので、これも切り離す。

ロケットはますます軽くなり、最終的な加速度は九Gに達する。スペースシャトルの三倍にもなるが、ゆかりは遠心機の訓練をみっちり受けたので、乗り切る自信はあった。

六分十一秒後、メインブースター燃焼終了。

燃え殻を切り離すと、ようやくカプセル単体での飛行が始まる。高度百八十五キロ、速度は秒速七・五八キロ。ほぼ軌道速度に達している。

カプセル後部の軌道変更エンジンを噴射して高度二百十キロの円軌道に移る。四十五分後にもう一度、短く噴射。その間にカプセル各部のチェックを行なう。

カプセルの状態を示すデータは常時地上に送信されているが、ゆかりの五感を駆使した状況判断も重視されている。

軌道を六時間で四周し、最後の半周で軌道離脱のための逆噴射を行なう。

カプセルはゆるやかに降下しはじめ、高度百三十キロ前後で大気圏再突入が始まる。

再突入中は、一時的に通信不能になる。

逆噴射のタイミングや進入角、進入姿勢は搭載コンピューターが制御してくれるが、もし故障があれば、ゆかりが手動操作する。

速度が音速程度まで落ちたところで、パラシュートを開く。カプセルは秒速十メートルで海面に飛び込み、フロートを展開して漂流する。

着水地点はアクシオ島の北、五百キロの洋上。付近には回収船とヘリコプターが待機しているが、予定地点から離れすぎると回収に手間取り、その間に遭難することもありうる。

今回は赤道付近の軌道をとるので、どこへ降りても凍死する心配はないとされている。

だが、もしキリマンジャロやニューギニアの高地に降りたら……。

ゆかりは頭をふった。

よそう。

大丈夫、きっとうまくいく。

時計を見ると、もう七時半だった。

ゆかりは無線機のトークボタンを押した。

「こちらタンポポ、再開のメドはついた？」

『ゆかり、もうちょっと待っててほしい』

「深刻なの？」

『ジャイロはたぶん大丈夫。センサーのデータコレクションに問題があると言ってるよ』

「遅れは三十分のまま？」

『いまはそうだね』

「了～解」

午前八時――カプセルに入って二時間半。

「どう、調子は？」

『いまみんなで相談している。ちょっと待って、ゆかり。すぐわかる』

二分後、マツリから通報。

『ゆかり、パワーを切って降りておいで』

「は？」

『打ち上げは一日延期になったよ』

「り……了解」

ACT・4

本部ビルの前で車を降りると、記者たちが待ちかまえていた。

「ゆかりさん、今のお気持ちは」

「よくあることですから」

ゆかりは淡々と答えた。

「延期ということですが、ロケットの信頼性に不安はありませんか」

「いいえ。入念にチェックしているからこその延期だと思います」

翌日、午前七時二十分。

ごおん、という重い音が響いてきた。

よしよし、第一面クリアだ――移動整備塔が後退したぞ。

ゆかりはカプセルの中で一人うなずいた。

「こちらタンポポ、整備塔が離れた。順調みたいだね」

『ほい、順調だよ、ゆかり。もうじきLOXタンクの最後の加圧をするね』

「了解。成功を祈る」

外の物音に耳を澄ませながら、ゆかりは計器盤の時計を見た。

あと四十分。

いよいよかあ……。

始まってしまえばたった六時間の飛行だ。

飛行機で日本に帰るのと、たいしてかわらないじゃないか。

ゆかりはつらつら考えた。

帰ったら、クラスのみんなに自慢してやろう。地球を四周してきたぞ、って。

でもなりゆきで宇宙飛行士やったってのも、いまいちカッコよくないな。

いっそ、嘘ついたままにするかな？

子供の頃、シャトルに乗ってみたいとか、思わなかったわけじゃないし……全部嘘ってわけじゃないよね。

ゆかりは計器盤に目をやった。

こいつ――無愛想なメカだけど、私をちゃんと宇宙からつれ戻してくれたら、好きになれるかな？　ちょっとぐらいは。

何年かして、島へ様子見に来てもいいか。

こいつがまだあったら、座ってみよう。

懐かしいだろうな……まてよ、サイズ合わなくなってるかな？

いくつになっても、太るのだけは避けたいな。この服だって――ミッション終わったらくれるっていうけど――ちょっとでも体型変わったら着れなくなるもんね。どっちみち、人前じゃ着ないけど。

でもこの格好でテレビに引っ張り出されるのかなあ。やだなあ。毛利さんみたいに子供たちに囲まれるのならいいけど。小学校の体育館なんかで、地球ってほんとにきれいだよ、とか言って――ほんとにきれいかな？　人生観変わるって言うけど……。

百聞は一見にしかずだ。あと一時間ちょっとで、わかるんだ。

いよいよだなあ。

なんか、わくわくしてきたなあ。

よおし――！

と、気合いを入れたその時。

『ほい、ゆかり。ちょっと問題がでてきた』

マツリの声が夢想を打ち砕いた。

「ど……どんな?」

『液体酸素がリークしているらしい。二つあるセンサーのひとつが警報を出している。たぶん問題ないけど、ひとまずパワーオフしてカプセルを退去してほしい』

「ちょっと……危険じゃないならこのままでいいでしょ?」

『万一があるから大事をとる、と所長さんが言ってる。だから降りよう、ゆかり』

「退去して戻って秒読みやり直したらランチウインドウ外すじゃない。また延期になっちゃうよ!」

『そう、延期だね、ゆかり。そう決定した。楽しみは明日にとっとこう』

「だけど!……」

ゆかりは口をつぐんだ。

逆らっても無駄なことはわかっていた。ゆかりはやむなく言った。

「了~解」

エレベーターを出て、ヘルメットを小脇に抱えて発射台のスロープを降りる。

待機していたハマーに乗ってからも、ゆかりは一言も口をきかなかった。

本部ビルの前で車を降りると、また記者たちに囲まれた。

「再度の延期ということで、今のお気持ちは」

「慣れてますから」

ゆかりは不機嫌に答えた。

「トラブルが相次いでいるわけですが、ロケットの信頼性に不安はありませんか」

「ありません」

「極端な軽量化とコストの削減で、信頼性が犠牲になっているという観測もありますが」

「ノーコメント！」

「しかしテスト機は順調だったのに、なぜ本番は故障が多いんでしょうね？」

きっ！　ゆかりは相手をにらんだ。

「何が言いたいんですか、あなたはっ！」

「いっいえ、言いたいのではなく聞きたいのでして……」

「聞くんなら向井チーフんとこ行けば！」

言い捨てて、ゆかりはずんずん歩み去った。

「……ゆかり、そうやって同じ所を歩いていても腹が減るだけだよ」

ベッドの上から、マツリが顔を出して言う。

「早く寝たほうがいい。明日は大事な日だよ」

「どーだか」

ゆかりは投げやりに言った。

「どーせまた延期よ。きまってるわ」

「ゆかり、心を乱すと悪い精霊にいたずらされる。魔法で予防してあげよう。いい精霊を味方につける」

「魔法はもういいってば」

「お金いらないよ」

「いいったらいいの」

ゆかりは歩くのをやめ、壁にもたれかかって言った。

「のるかそるかって時に、得体のしれない味方なんかいてほしくないもん」

「ほー。ゆかりは強いね」

「受験のときだって、前日一睡もしなかったけど気合いで乗り切ったんだ。どうってことないよ」

「わかったよ、ゆかり」

ゆかりがまだ気力を失っていないとみて、マツリは安心したようだった。

「じゃあ、寝なくてもいいから明りを消してベッドにはいろう」

「うん……」


同じ頃、発射台の地下の一室には、五日目の徹夜を迎えた向井がいた。

「頼むよう、さつきさぁん〜〜」

向井は懇願した。

「だめったらだめ。覚醒剤なんて体力を前借りするだけなんだから」

「朝まで保てばいいんだよ。こんどこそ正念場なんだ」

「また延期になったらどうするの」

「延期しないためだよ」

「だめ。あるのは点滴のみ」

「二時間も寝てられないんだ、頼むっ！」

「…………」

さつきは向井の顔を観察した。疲労の極致を思わせる、土気色だった。

「わかったわ。そこに座って」

「かたじけない！」

さつきは懐から装塡済みの注射器を取り出し、向井の上腕に突き立てた。

ドルミカム五ミリグラム。

「すぐ楽になるわ」

「え？……楽になるって……あ……それはちょっと……困るぅ……」

向井はがくりと頭を垂れた。

「君がいなくたって、みんな仕事を心得てるって。打ち上げが見られなくて残念ね」

こんこんと眠り続ける向井に、さつきはそう告げた。

ACT・6

十二月二十九日、午前八時五十分。

カプセルに入ってすでに三時間二十分。

予定時刻を過ぎた今も、秒読みはホールドしたままだった。

「詳しく説明してよ！　ジャイロに不安があるってだけじゃ納得できないよ！」

『ゆかり、明日はかならずやってくる』

「とにかく説明が聞きたいのっ!! 向井さん出してっ!!」

『ほい、ちょっと待って――向井さんは眠ってるから、所長さんが代わるね』

　マイクが那須田に切り替わった。

『あーつまりだな、パスファインダーのデータを解析してみると、離昇中、予想よりやや大きい揺れがみつかったんだ。これは外乱によるものではなく、ブースターが自分で揺すっている可能性がある。わかるかね？』

「ちゃんと予定の軌道に乗ったじゃない」

『運がよかっただけかも知れない。制御の根幹をなす部分だ。向井君もいないし、ここは大事をとってだな』

「そんなことでびびってたら永久に飛べないよ！」

『期限まであと二日ある。焦ることはない』

「こっちのコンディションも考えてよ！　二度は許す。でも三度はいや！」

『あれほど安全重視だったじゃないか。ここで事を急いじゃいかん』

「いざとなったら脱出するもん」

『急に姿勢が変われば、動圧で空中分解することだってあるんだ。いいから今日はあきらめて降りてきなさい』

ゆかりは答えなかった。

『な、ゆかり君？』

「……嫌。ぜったい嫌」

声が一オクターブ低い。

『聞き分けるんだ』

「どーしても降りろっていうんならカプセルごと降りる」

『……どういうことだ』

「緊急脱出手順を実行するの。ブースターに手出しできなくても、カプセルから上はこっちのもんだもん！」

『む、無茶を言うな！』

「私は本気！」

ゆかりは怒鳴った。

「人を乗せるなら乗り手の意志に応えてくれなきゃウソよ。飛びたいときに飛べなきゃロケットじゃない！　今すぐ秒読み再開して！」

『いや……それはそうだが……』

ゆかりの言葉ははからずも、那須田の急所を突いていた。

『ちょっと考えさせてくれ』

「一分待つ！　その間に秒読み再開しなきゃカプセル吹っ飛ばすっ！」

『……わかった』

　五十六秒が経過したとき、マツリの声がした。

『ほい、ゆかり。ゴーサインが出た。秒読み、Tマイナス五分から再開するよ』

「よおし！」

　発射台はただちに息を吹き返した。さまざまな物音が、コクピットまで響いてくる。

『フライトコントロールデータ、チェック』

「コントロールデータ、異常なし」

『時計動作チェック』

「時計作動中」

『APUスタンバイ・スイッチON』

「APUスタンバイ、ON」

『アクセスアーム収納。発射台、注水開始』

　Tマイナス三分。

『通話音量、プラス二』

「通話音量、プラス二」

　Tマイナス二分。

『酸素逃がし弁閉鎖。離昇圧力』

「カプセル、装置すべて正常」

　Tマイナス一分。

『内部電力に切り替え。カプセル内電圧チェック』

「電圧、異常なし」

　Tマイナス二十秒。

『固体ブースター、APUスタート』

「APUスタート確認。作動音が聞こえる」

　Tマイナス十四秒。

『ゆかり、ラストチャンス。続けていいか？』

「止めたら殺す」

『ほい、Tマイナス十―九―八―七――メインブースター点火――四―三―二―一、固体ブースター点火』

　イベントタイマーの表示がプラスになる。

　その途端、どん！　と突き上げるような振動があり、機体がゆらりと揺れた。

『ランチサイトクリア。タンポポはいま離昇したよ』

　ブランコに乗っているような感じだった。Gはほとんど感じない。

ゆかりは最初の報告を送った。

「振動は少ない。快適に上昇中」

スクリーンの中を、まばゆい光芒をしたがえたロケットが上昇してゆく。

ゆかりの声を聞いて管制室では拍手が起き、すぐにやんだ。まだ最初のワンステップを踏み出したにすぎない。

「ロール制御完了。針路正常」

木下が手順を読み上げる。

「マツリ、マックスQを予告しろ」

「ほい──ゆかり、まもなくマックスQ突入」

『了解。現在三・六G、振動が大きくなってきた。振動増加中……計器すべて正常』

「マックスQ突入」

『ううっ……縦揺れがきつい……高度十キロ……計器正常』

ゆかりの息は乱れていた。

「大丈夫。心拍、呼吸ともまだ序の口」

医学モニター席で、さつきが断定する。ゆかりの限界を知り抜いてこその自信だった。

『……こちらタンポポ、マックスQ抜けたみたい。順調に飛行中』

「ほい、ごくろうさん、ゆかり」

『空が暗くなってきた。まだ星は見えないけど、完璧にネイビーブルーだね』

「了解、ゆかり」

『高度六十キロ、三・九G。計器正常』

「固体ブースター、燃焼終了——切り離し」

『SRBセパレーション点灯。ペリスコープで見えるかな』

「もう視野を外れてるはずだ」

木下がアドバイスした。

『了解。……あ、窓の外、もう地平線が丸く見えてる。右前方、遠くに島影。シミュレーターよりだんぜんリアルだね』

ゆかりの無邪気な表現に、笑顔を浮かべる者もいた。

だが、木下は真顔だった。

「タンポポ、サイトウインドウから島が見えるのは本当か？」

『はい。大きいのがひとつ、輪郭もはっきり見えます。その左にぽつぽつと珊瑚礁……ギルバート諸島かな』

「了解。地平線のカーブはシミュレーターと較べてどうか」

「同じくらいです」

木下はマイクを切り、スクリーンの姿勢表示を一瞥して言った。

「現在位置だとギルバート諸島は点の集合にしか見えないはずだ。追跡はどうなってる」

「すでにロストしてます。クリスマス島の報告待ちです」

「テレメトリは正常。現在高度百六十三キロ」

航法席が告げる。木下が那須田に言った。

「針路をそれた疑いがあります。アボート（飛行中断）しますか？」

「まだだ。少し様子を見る」

「ほい、やるなら急ごう。もうすぐ脱出ロケット捨てるよ」

マツリが振り返って言った。

「アボートはしない」

「しかし、誘導装置が嘘をついているとしたら非常に危険です」と、木下。

「ゆかりの報告だと高度は正常らしい。ここまで来たら軌道一周させよう。下手に脱出するより安全だ」

直後、ゆかりから連絡があった。

『こちらタンポポ、緊急脱出ロケット切り離し。噴射炎が一瞬見えた』

「ほい、コントロール了解。あと三分四十秒で燃焼終了だよ」

『了解』

次の報告は、かなり苦しげだった。

『こちら……タンポポ。加速、六・一G……どんどん強くなる。振動は、かなり……けど、マックスQほどじゃない。計器、すべて正常』

「ゆかり、あと二十秒の辛抱だよ」

『了解……あはっ、急に軽くなった！　いま加速停止。両手がふわふわ——MBセパレーション点灯。姿勢は正常』

「ゆかり、手をアームレストに戻そう。すぐにOMSのインパルスがくる」

『了解……きたっ！』

ごーっ、という音がゆかりのマイクごしに聞こえた。

『OMS点火確認……噴射停止。静かになった。うそみたいにしーんとしてる。高度は二百四キロ、どうやら乗ったかな？』

「おめでとう、ゆかり。みんなも喜んでるよ。地球見て、なにか一言は？」

『雲がすごくきれい。もっと広い窓だといいな』

「よかったね、ゆかり」

木下は軌道ディスプレイを見た。

「クリスマス島の可視圏に入ったな」

追跡管制センターを呼び出す。

「こちらソロモン基地、タンポポの位置を報告してほしい」

『タンポポは捕捉していない』

「再度確認してくれ」

『……確認した。レーダーは作動しているが、タンポポは捕捉していない』

「了解。捕捉したらすぐ知らせてほしい」

木下は無線をゆかりに切り替えた。

「タンポポ、外に何が見える」

『さっきの島が真上……というか眼下に見えます。その先にまた島が……あれ？　クリスマス島ってあんなに大きかったっけ？』

「どんな島だ？」

『右に高い山がある。中央が少しくびれて……うそ、あんな大きい島って……』

沈黙。それから、大きく、うわずった声が響いた。

『ちょっと、あれってニュージーランドじゃないの!?　なんで南に向かってるの!?』

管制室は静まり返った。

そして誰も、答えられなかった。

同じ頃、タリホ族の村では、広場に集まった村人たちが、ポカンとした顔で虚空を見上げていた。

〝花火〟は飛び去ってしまった……。

酋長がつぶやいた。

「今日は二十九日だから……もう呪い、かけてもよかったんだよなあ?」

第八章　精霊のいたずら

ACT・1

ほの暗いコクピットの中で、ゆかりはペリスコープの投影面に見入っていた。

魚眼レンズの視野に、歪んだ地表が見える。

下界は夕暮れの中にあった。

弧を描く雄大なジェット巻雲が赤く燃え、雲の峰が前方に長い影を落としている。その下をたなびく低層雲は、薄いクレープのようだった。

雲が途切れると、くすんだ紺色の海が見えた。粉砂糖を散らしたような斑点が見えたが、雲なのか波頭なのかはわからない。

「寒そうな海……」

ゆかりは独りごちた。

見なれた珊瑚礁の海とは、まるでちがう。この二十五分で南太平洋を横断するうちにも、眼下の海は刻々と色あいを変えていった。

『どうした。高度測定はまだか』

木下の声が呼んだ。

行方不明になりかけたタンポポは、機上からの光学観測による測位を求められていたのだった。

「はい、いまやります」

ゆかりは我に返って答えた。

弧を描く地平線にペリスコープの視準線を合わせ、バーニヤ目盛を読む。天地が逆さまなことを除けば、前世紀の航海術と変わらない。

「高度、百九十四キロ。速度は……秒速七・八キロ」

『それなりの軌道には乗ったようだな』

木下の声には、かすかな安堵がこもっていた。ともかくも、軌道速度は出ている。すぐに落下することはない。

「……今、陸地にさしかかりました。南米大陸だと思います」

『詳細に知りたい。わかるなら地図と照合してみてくれ』

ゆかりはオペレーションマニュアルの地図を開き、再びペリスコープを覗いた。入り組んだ海岸線が視野の中央に迫ってくる。沿岸は赤茶けた色に染まり、幾筋もの濁った水が海に注いでいるのが見えた。

「えーと……南緯五十一度、チリのプエルトモントかな。いま直下を通過、MET二十七分十四秒」

『了解。こちらで帰還プランを検討する』

「原因のほうはわかったの？　なんでこーゆーバカな軌道になったのか」

『まだわからない』

一秒の時差をおいて、木下は答えた。

『ジャイロに異常があったとしても、基地の光学追跡班がなぜ見逃したのかがわからない。いったいどこで針路がそれたのか――軌道傾斜の増大にともなうエネルギー損失が補われているのも謎だ――とにかく今は、事実を受け入れるしかないが』

「そりゃ受け入れるけど……」

ゆかりは口をとがらせたが、それ以上追及しなかった。

強くは言えない。

打ち上げを強行したのは他でもない、ゆかり自身である。それが――まだ原因不明とはいえ――案の定という結果になったのだ。

物騒で金食い虫で自分勝手で近所迷惑きわまりないプロジェクトだけど――

ゆかりは思う。

自分のせいでお取り潰しになるのは後味が悪いじゃないか……。

とにかく、経済企画庁の決めた期限内に、軌道投入まではやった。このまま無事に着水さえすれば、ソロモン基地とそのプロジェクトは存続するだろう。

大丈夫、地表の七十パーセントは海なんだ。

なんとかなる。


管制室の正面スクリーンには、メルカトル図法の世界地図と、タンポポの推定軌道が表示されていた。

これからの一時間でタンポポはブラジル高地を越え大西洋を渡り、北アフリカからヨーロッパに入り、モスクワの南から中国、フィリピンへと抜ける。

「やれやれ。いまやタンポポの下にゃ、地球全表面の八十%があるってわけか……」

那須田がため息をつくと、木下が言った。

「一周目の南行はダメですね。フィリピンやニューギニアの多島海は危険だし、その先はゴールドコーストに沿っていて、一歩間違えば陸上に落ちます」

「そうだな。それにちょっとタイミングが遅れるだけで真冬の〝吠える四十度線〟海域に入っちまう」

「となると三周目ですか。スリランカの南で再突入し、ココス諸島近海に着水する」

　那須田はうなずいた。

「ココスならオーストラリア領だな。確か海軍基地があるはずだ。回収隊を手配してもらえるかもしれん」

　那須田はすぐに受話器をとり、英語で話し始めた。

　木下がマツリに言った。

「三周目での帰還を検討中だと伝えろ」

「ほい。……ゆかり、こちらで新しい帰還プランを考えた」

『いつ、どこで？』

「三周目、スリランカで再突入してインド洋のココス諸島のそばに落ちる」

『ココス諸島？　聞いたことないな』

「いいとこだよ。小さい頃、村のみんなとカヌーで行った」

『それは嘘だ』

「タリホ族、嘘言わない」

『まあいいけど……じゃ、あと三時間はのんびりできるわけ？』

「各装置のチェックと姿勢制御の練習をやる。それにジャイロが信用できないから天測もいるね。のんびりはしてられないよ」

『了～解』

ACT・2

ゆかりは船内気圧を確認して、そっとヘルメットのバイザーを上げた。

絶縁材の臭いがした。

空調ファンの風音と、インバータのうなりが聞こえる。それを除けば、カプセルの中は驚くほど静かだった。

「こちらタンポポ。これから手動による姿勢制御に入る」

『ほい、了解』

スイッチをマニュアルに切り替え、右手で操縦桿を握り、セイフティを外す。

「右、微速ロール」

操縦桿を軽く右に倒す。

カチッ。

背後で電磁バルブが作動した。噴射音は聞こえない。計器盤の姿勢指示器が回転しはじめる。

「ロールレート、毎秒二十度」

操縦桿を元に戻すと、またカチッと音がして、カプセルはぴたりと停止した。

「ロールレート、ゼロ。うん、ゲームより簡単だね」

『外を見て、ほんとうに止まったか確かめてほしい、ゆかり』

「大丈夫。月が壁に掛けたみたいに見える。ピカピカの銀のお皿みたいだね」

『ほー。それは見たいねえ！』

「三号機に乗ってのお楽しみ」

『そだねー』

それからゆかりは、三軸の制御を順に試していった。どれも正常だった。

「どうやらカプセル側のジャイロは信用できるみたいだね。――呪われてたのはブースターだけかな」

ゆかりは何気なくそう言った。

返ってきたのは、マツリの悲鳴だった。

『あーっ!!　しまったあああ!!』

「ど、どうしたの、マツリ！」

ゆかりはびっくりして尋ねた。

『ゆかり、すまない!! マツリはとてつもない大ボケをかましたよ!!』

「だからどうしたの??」

『とうちゃんとかあちゃんに、打ち上げが延びたのを知らせてなかった!! 二十七日のロケットには呪いをかけないように言ったけど、その後のは呪ったにちがいないよ!!』

「…………なんだ」

ほっと胸をなでおろす。

『なんだじゃないよ、ゆかり。これは大変なことだ。悪い精霊の力はとても強い!』

マツリは真剣そのものだった。

「だけど爆発なんかしなかったじゃない。ちょっと軌道はそれたけどさ」

『安心してはいけない。悪い精霊はまだそこにいる。これからもっとひどく――』

マイクの向こうで「これこれマツリちゃん何言ってるの」という声が聞こえて、通信は途切れた。

ゆかりは苦笑した。

「精霊信仰もいいけどさあ、ここは科学の力を信じようよ、マツリ。姿勢制御ができるんだから、あとは逆噴射ができてパラシュートが開けばOKだもん。心配ない心配ない、ぜーったい心配な」

その時――

突き上げるような衝撃がゆかりを襲った。

「きゃあああっ!!」

思わず悲鳴が出る。目を開くと、姿勢指示器が猛烈な勢いで回転していた。

「こっ、こちらタンポポ、緊急事態発生！　強い衝撃があって、カプセルが高速で回転！　アラームは――酸化剤タンク二番漏出、ええと、他は――」

木下の声がした。

『バイザーを閉めて、船内気圧をチェックしろ』

「り、了解。バイザー閉鎖、気圧正常。警報、コントロールバルブB39レッド」

『酸素供給を確認しろ。異常なら非常用バックパックを装着』

「酸素流量、正常」

ゆかりは懸命に呼吸を整えて、計器を確認した。

「船内温度、電圧、正常。生命維持系統はすべて正常……ロールレート三百十四度、ピッチレート百四十度」

『酸化剤タンクの漏出はどうか』

「現在圧力ゼロ。全部抜けたみたい」

『しばらく姿勢制御はするな。引火の恐れがある。だが一番タンクが残っているなら大丈夫だ。帰還には支障ない』

「タンポポ、了解――あっ！」

『どうした』

火の粉が舞っている、と言おうとして、ゆかりは口をつぐんだ。

これは、学科講習の時ビデオで観た……。

「えっと、いわゆる〝宇宙ホタル〟らしきものが見えます。無数の粒子がきらきら光って、船を取り巻いている。だんだん薄くなってくみたい」

『洩れた作動流体だろう。ほかに見えるものはないか』

ゆかりは目をこらした。

カプセルが回転しているので、じっくり観察することは難しいが――。

「やだ……大きなのがある！　破片みたいな」

『具体的に』

「白くて細長い、テープかケーブルみたいなもの。それから四角いレンガみたいなの。黒くて……見えなくなった」

『船内外の観察を続けろ。こちらでもテレメトリの解析を行なう』

「あの、黒いやつだけど……木下さん」

ゆかりの声は、かすかに震えていた。

「耐熱シールドのタイルみたいだった」

応答までに、三秒ほどかかった。

『タイルは弧をおびた平行四辺形だが』

「そうだったかもしれない。ちらっとしか見えなくて――でも、他にあんな部品、見た憶えないし――」

強化カーボン材のタイルが一枚でも剥落《はくらく》したら、帰還は不可能になる。ゆかりを含めて、誰もが承知している事実だった。

「大丈夫かな。ねえ、何がどうなったのかな？　見当つく？」

『それはこれからだ。順に片付けていこう』

「わかってる。わかってるけど――」

『落ち着くんだ』

「落ち着いてるけど！」

『そうかな。体は正直なようだが？』

「え……？」

ゆかりはあわてて胸の心拍計を見た。

百二十を越えている。

ゆかりは赤面した。急に頭がかゆくなったが、ヘルメットに邪魔されて掻けない。

「やだ！　さつきさん、医学モニター、スクリーンに出してるの？」

『そーゆーこと。見られたくなかったら深呼吸でもして気を鎮めなさいね』

打ち上げ後、初めて聞くさつきの声だった。

「わかったから消してよ！　消さなかったらこっちでケーブル抜くから！」

『そうそう、その調子』

笑みを含んだ声で、さつきは言った。

『ゆかりちゃんはプンプン怒ってる時がいちばん快調なんだよね』

「な――」

手玉にとられて、ゆかりはますますふくれた。

「なら言うけど、みんな、状況がわかったら正直に報告してよね！　こっちは船長なんだから――そりゃ、さっきはちょっとびっくりしたけど――覚悟なんかとっくにできてるんだから。以上通信終わりっ！」

そうは言ってみたものの、ゆかりの心の片隅に「死ぬかもしれない」という標識灯がともったことは確かだった。

ここは気合いで乗り切るしかない。

ゆかりはそう、自分に言い聞かせた。

ACT・3

「ありえない！」

睡眠四時間めで叩き起こされた向井は、報告を聞くなり言い切った。

「タンクの過負荷なんてことは、設計者が真っ先に考えるんです。アポロやマーズオブザーバーじゃあるまいし、あのタンクが勝手に破裂するなんてことはありえないんです！」

「わかった。……となるとデブリか」

那須田が腕組みして言う。

スペースデブリは、軌道上を周回している無数のゴミである。大半は微小な破片だが、ライフル弾など及びもつかない速度で飛行していることは変わらない。それらはすべて、小さな人工衛星なのだ。

「致命傷になるほどのデブリに衝突する確率はゼロに等しいはずだが……これも――」

悪い精霊のせいでは、と言いかけて、那須田は口をつぐんだ。

マツリはさっきから、ポカンと口を開けて放心している。よほどショックだったらしい。

「二番タンクはここです。ソーセージ型をしていて、機関部の外縁をとりまいています」

向井が図面を指して言った。

「破損したバルブの位置からすると、おそらく側面斜めからデブリが衝突して、タンクと耐熱シールドを貫通したんでしょう」

「直せるかね？」

向井は何か言いかけてやめ、こう答えた。

「……いまは思いつきません。仮にタイルを回収できたとしても、元通り接着する装備がないんです」

「あ〜、宇宙服のリペアキットの接着剤を使ったらどうかな〜」

そばから素子が言った。

「あれなら三百度まで保《も》つよ〜」

「いや、タイルが剝がれるってことは、その下もめちゃくちゃに変形してるにちがいないんだ。破れ襖《ぶすま》みたいにね」

「しかし、万が一のこともある。確かめてみる価値はあるな」

木下が言った。

「予定外の行動だが、ゆかりを船外に出して状況を調べさせよう」

「あの服じゃ危険よ！」

さつきが言った。

「あれは基本的に船内服で、気密は保ててもデブリや太陽輻射には無防備なんだから」

「作業は地球の影の中で行なう。もし昼側に出てもカプセルの影に入ればいい。大丈夫、できるさ」

「よおし、それでこそ有人飛行だ！　タイムリミットまでまだ八時間ある。なんでもやらせてみようじゃないか！」

那須田が昂然と言う。

「……うれしそうですね？」と、さつき。

その時、広報課員が入ってきて那須田を呼んだ。

「所長、プレスが騒いでます。軌道が変わったのはなぜか、いま何を協議しているのかと」

「隠せるようなことじゃない。調査中の事項を含めて、すべてありのままに公表しろ！」

那須田は言い放った。

一分後、ニュースは全世界を駆けめぐった。

ACT・4

「外へ出るの!?」

『その通りだ。船外活動は想定していなかったし、訓練も不充分だが――』

「ううん、やるやる！」

説明を聞くと、ゆかりはすぐにＯＫした。

なんであれ、手をこまねいているよりはましだ。

ゆかりはまず、シートの背に埋め込まれた非常用バックパックを装着し、ヘルメットの気密を確認した。バックパックには、一時間ぶんの独立した酸素と電力がある。

次に、カプセルの回転をとめる。

姿勢制御を手動モードに切り替え、操縦桿を握る。

「誘爆しませんように……」

姿勢指示器を見ながら、一軸ずつ反動噴射する。異常なし。レスポンスは前回同様、正確そのものだった。

回転が止まると、地上からの指示に従って、カプセルの姿勢を定める。

「こちらタンポポ、カプセルの回転停止」

『次は船内の空気を抜く。右側面のハンドルだ。赤いタグがはめてある』

「知ってる」

『バイザーは閉めてるな？』

「もちろん」

ゆかりはタグを引き抜き、ハンドルを回した。何の音も聞こえなかったが、気圧計の針が動き始めた。

「エア放出開始――ひんやりしてきた」

『一時的な断熱冷却だ。いまのうちに命綱を結んでおけ』

「了解」

数分で船内は真空になった。

再び反動噴射をして、空気の放出でわずかに回転し始めたカプセルを静止させる。

「こちらタンポポ。ハッチを開けます」

『了解。いまカプセルは地球の影に入っている。あと二十分はその状態だ。必ず時間内に船に戻るように』

頭上のハッチを開く。

四角い、洞穴のような口がのぞいた。

ハーネスを解き、右手でハッチの縁をつかんでそっと引く。

ふわり、と体が浮いた。

みるみるうちに、上半身が外に出た。

最初に目に飛び込んできたのは――船首から洩れるガスだった！

「ノーズから何か――」

言いかけて、ゆかりは息をのんだ。

銀河だった。

その光の帯は、ほんとうに銀色をしていた。

正面、銀河のほとりに、ルビーのように赤く輝く星があった。そばにはきれいに並んだ星が三つ。

「オリオン座……ひさびさの眺めだなー」

アクシオ島で見るオリオン座は、天頂よりやや北側を、逆立ちして西に向かう。

今はカプセルの姿勢がたまたま日本付近での地平線にそっており、無意識の上下感覚に合致したのだった。

星々はどれも瞬かず、大きく、明るく輝いていた。

ゆかりは訓練で得た星座の知識を試してみた。オリオンから見て、銀河の対岸には双子座のカストルとポルックスがあった。少し離れて、子犬座のプロキオン。……その先にあるはずのシリウスは、星空を切り抜いたような船首のシルエットに隠れて見えなかった。

『どうした、タンポポ。状況を報告しろ』

木下が呼んだ。

「あー、ごめん。星に見とれてて」

『あと十五分で夜明けが来ることを忘れるな』

「了～解」

　ゆかりはゆっくり体を回し、船尾側に向いた。帆のように直立したハッチの向こう、二メートルあまりが機関部だった。

「いま全身が外に出た。ハッチにつかまってる。わりと水中訓練の感じに近いかな。正面は真っ暗な地球……あ、ちょっと光が見える。いまどこ？」

『イタリア半島の根元だ。まもなくモスクワの南を通り、天山《テンシャン》山脈を越え……』

　木下の声は、そこで少し途切れた。

『そんなことより、フラッドライトをつけて船体を観察するんだ』

「はいはい、いまやります」

　ショルダーハーネスについたライトを点灯する。見なれたカプセルの表面が、光の輪の中に浮かび上がった。

「ええと……見たところ異常は……あっ！」

『どうした』

「右舷後尾に穴があいてます。フロート収納ドアのすぐ下、直径十センチくらいで穴の周囲はぎざぎざ」

『おおむね予想どおりだ。接近して耐熱シールド側を調べろ。損傷部分に服やケーブルが触れないよう気をつけろ』

「了解」

表面の突起を摑みながら、腕だけで船尾に移動する。腕立て伏せの姿勢に近いが、もちろん何の重みも感じない。

ゆかりは船尾にまわりこんだ。

船尾を包む耐熱シールドは、きれいに並んだタイルで覆われており、全体はパンケーキのような曲線をおびていた。

中央にはマンホールほどの穴が開き、その蓋と軌道変更《OMS》エンジンのノズルが突出している。

ゆかりは外周にそってライトを当てた。

そして——やはり、そうだった。

「シールドの損傷部分を発見……タイル二枚が脱落、その周囲も盛り上がってる」

『タイルの下はどうなっている？』

「ハニカム材がぐちゃぐちゃに壊れてます」

『そうか……。どうだろう、もしタイルがあったとして、そこにはめ込むことはできそうかな？』

「無理みたい。ベースがぼこぼこに歪んでて、まわりより三センチぐらい膨らんでるかな。穴から放射状にひび割れが走ってるし」

ゆかりは淡々と報告した。

それは死を意味するものだったが、自分でも不思議なほど冷静だった。

今は平気でも、あとで揺り返しがくるのだろうか……？

『わかった。ひとまず船内に戻れ』

木下の声も落ち着いていた。

ACT・5

受話器を置くと、那須田は言った。

「どんなに急いでもシャトルは四日、ソユーズは二週間かかるそうだ。まったく、連中のロケットは図体ばかりでかくて即応性がなっとらん！」

と、マツリが急にはね起きた。

「ほい、向井さん、三号機はいつ飛ぶ!?」

「そうか──三号機があったか！」

今回のミッションでLS－5Aは三機用意されたのだった。一号機はパスファインダー、二号機はタンポポに使用され、三号機はまだモジュールのままVABに横たわっている。

向井は素早く見積もった。

「四十時間……いや、二十四時間あればなんとかなる」

「だがカプセルは単座だ。どっちみち救助には使えんぞ」

と、那須田。

「そんなことないよ。カラで上げてゆかりがランデヴーすればいい！」

マツリは言った。

「そうか……いや、それでも二十四時間かかる。生命維持装置の能力はあと八時間、節約しても十二時間かそこらだ」

「酸素なら、燃料用のを使えばいい。さっきみたいに外に出て——」

「マツリちゃん、酸素があっても二酸化炭素の吸着ができなきゃだめなのよ」

さつきが諭《さと》すように言うと、マツリは口をつぐんだ。

大きな目にいっぱい涙をためている。

その時、ずっと端末に向かっていた木下が言った。

「マツリ君——その精霊ってのは、トリックスターというのか、たちの悪いいたずらが好きなんじゃないかね？」

「ほい……そう、悪い精霊はいたずらが好き。でもいたずらで人を殺すこともある」

一同は、何を言い始めたのかと木下を見た。

「これが偶然とは信じられないんだが――みんな、スクリーンを見てくれ」

そこにはタンポポの軌道のほか、もう一本の正弦曲線が描かれていた。

「木下君、その軌道はなんだ？……まさか！」

那須田が言いかけたのを、木下が続けた。

「ロシアの軌道科学ステーション・ミールです。軌道傾斜角、昇交点ともほとんど一致しています。次の周回でタンポポの上空二百キロに来ます。まるで計ったようなランデヴー軌道です」

「なんてこった……しかし今のタンポポの能力で二百キロの上昇はきついぞ」

「計算してみたんですが、パラシュートシステムを捨てれば可能です。カプセルでの帰還の道は閉ざされますが、ゆかりは助かります。ミールには三人乗りのエカノーミヤ宇宙船がドッキングしていますから」

「ちくしょうめ――こいつぁすごい！」

那須田は拳骨を振り回して喜んだ。

予定外の船外活動に予定外のランデヴーである。宇宙開発を知らない者には理解しにくいが、これは奇跡の連続だった。

「だが、帰還を露助《ろすけ》に頼るようじゃミッションは成功とは言えん。向井君、無人機をミールに迎えに出せるよう大至急準備してくれ！」

「すぐかかります！」

ACT・6

ただ宇宙に出るだけでは、利益は生み出せない。宇宙ビジネスを成立させるためには、他の衛星や宇宙船に接近するだけの機動力がどうしても必要となる。なりが小さいわりに大きな軌道変更能力を持っていることは、タンポポの大きなセールスポイントだった。

小型軽量化のため、大幅な機能縮小がはかられたタンポポだったが、高性能なOMSエンジンだけはそのままだった。これを使ってミールとドッキングしようというのである。

ゆかりは木下の説明に聞き入った。

『チャンスは一度しかない。三十七分後に近地点で噴射し、ホーマン遷移軌道に乗る。四十四分後に再度噴射してミールとベクトルを揃える――わかるか？』

「うん。学科で習った通りだね」

『そうだ。これから忙しくなる。マツリ君は立ち直ったようだから、地上支援に復帰してもらう』

「了解。マツリ、聞いてる？　こっちは順調だよ」

『ほい、ゆかり。まだ安心してはいけない。気を抜かないでがんばってほしい』

「わかってるって。で、何からやる？」

『まずパラシュートシステムを投棄するね。それからシーケンサーのプログラムをやろう。時計やエンジンももう一度チェックするね。忙しいよ』

「了解」


一時間二十分経過。

最初の噴射は成功し、タンポポは楕円軌道に乗ってミールの軌道に肉迫していた。ミールは後方から追いつく形になり、肩を並べたところでタンポポが遠地点噴射をして速度を合わせる手順である。

だが、ミールはまだ見えない。

「ねえ、どうなってるの？　無線ぐらい通じてもよさそうじゃない」

『ゆかり、実はまだロシアとの相談がまとまってない。向こうはニアミスが心配なので、タンポポが近づくのをまだ許していないんだよ』

「な……なんだってえ!?」

ゆかりは唖然とした。

人命救助に交渉がいるというのか⁉

だが、実情を考えれば無理もないことだった。他国の宇宙船にドッキングするなどは一大事で、もし失敗すれば途方もない資金と人命がおびやかされる。タイミングが一度しかないので見切り発車したが、目の前で門前払いされる可能性は確かにあるのだった。

『ミールへの接近はうまくいってるよ、ゆかり。アメリカのスペースコマンドが位置を測ってくれている。ミールまであと七十四キロ、高さは九キロ上だね』

「そこまで来てるなら、こっちの無線機で直接交信できるんじゃない？」

『ほい、そうだね。やってみるか？』

「英語通じるかな」

『やってみればわかるよ』

「よーし、ロシア人は女子高生を見殺しにするのかって言ってやるぞ」

ゆかりはオペレーション・マニュアルをめくって、無線機に有人宇宙船の国際共通周波数をセットした。

「あー……ハロー、ミール。ハロー、ミール、ジシズ　タンポポ　フロムSSA、ユカリ・モリタ　スピーキン、オーバー」

二度目のコールで、英語の応答があった。

『こちらミール、SSAタンポポ、そちらの声は明瞭に聞こえる』

よく響く、男の声だった。

ゆかりは沸き立つ思いでトークボタンを押した。

「こちらタンポポ。そちらの声も明瞭に聞こえる。タンポポはリエントリ不能になったので、そちらに泊めてほしい。どうぞ」

『ミールよりSSAタンポポ。そちらの状況はツープ管制所より連絡を受けている。しかし、いまだドッキングの指令は出ていない』

そらきた。

ゆかりはここぞとばかりに言った。

「この状況は全世界の注目するところだが、ロシア人は女を見殺しにするのか？」

わずかな間をおいて、返事が返ってきた。

『ミールよりSSAタンポポ。ゆかり、最後までよく聞いてほしい。我々は君と同じ、誇り高き宇宙飛行士として行動する。下の連中の指図などくそくらえだ』

その言葉はまるで日本語のように、胸に飛び込んできた。

世界中のどこよりも孤独な場所で、ゆかりは人の心に触れた気がした。

「ありがとう、ミール。ここであなたに会えたことがとてもうれしい。……そうだ、まだ名前を聞いてなかったね」

『私はオレグ・カマーニン。もう一人は船長のニコライ・ベリャーエフだ』

「たった二人？」

『そうだ。二人で半年も暮らしているよ。ニコライは船外で君を迎えるため、すでに減圧と予備呼吸に入っている。外に出るまでにあと二時間かかるが、君は待てるか？』

「二時間なら待てる。あと四時間は生命維持装置が働くので」

『了解した。ツープ管制所からの連絡で、君の宇宙服は予備呼吸の必要がないと聞いているが本当か？』

「もちろん。私はこれが普通だと思っていた」

『素晴らしい技術だね。ところで、ドッキングにはいろいろな問題がある。君の乗物はケーブルで係留するべきだろう。そして我々のエアロックは一度に一人しか通れない。ニコライが係留を手伝い、外で君をエアロックに案内するはずだ』

「了解。でもその前にタンポポにはあと七十キロの道のりがある。その誘導はどうするか？　燃料が少ないので、一度も失敗できない」

『そんな心配があったのだね、ゆかり。我々はすでにレーダーで君を捉えている。相対位置は明瞭にわかっているから、こちらで誘導してあげられるよ』

「ありがとう、オレグ。とても心強い」

　それからゆかりは、ミールとの交信内容をソロモン基地に報告した。

「そっちはどうだか知らないけど、もう上で話がまとまったよ。いまミールの誘導を受けて接近中。相対距離六十三キロ、高度マイナス四キロ。二十四分で到着の予定」

　どんなもんだい、という口調である。

　オレグの言った『誇り高き宇宙飛行士』というフレーズが、ゆかりは気に入っていた。これまでずっと『下』のいいなりになってきたが、本物の宇宙飛行士は自分で判断して自分で実行するのだ。――これはちょっと、気分いいじゃないか。

「ミールは前方で、金星みたいに明るく見える。シャワーがあるといいんだけど。ちょっと腹ごしらえもしたいし」

『よかったねー、ゆかり。みんなびっくりして、大喜びしてるよ』

　マツリも声を弾ませている。

「でしょ？　これって新記録じゃないかな。単座の宇宙船で、初飛行で船外活動とドッキングまでやったなんてさ」

『ほい、所長さん有頂天になってるよ』

「NASAじゃ船外活動した飛行士は格が上だっていうもんね。帰ったらヒューストンにでも表敬訪問してやるかな。ふふっ」

ACT・7

数キロまで接近すると、ミールは白い十字架のように見えた。真空のため大きさの実感はなく、窓の外に張りついたキーホルダーのようでもあった。

遠地点噴射を終え、最終アプローチに入ると、タンポポはいったんミールの上方百メートルに出た。

姿勢を鉛直方向に向けてゆくと、白雲をちりばめた地球が見え、ついで、それまで視界の外にあったミールの全容が現れた。

「うわ……やっぱ、でかい」

ゆかりは圧倒された。

最初の打ち上げから十年を経たミールは、クワントI、II、クリスタルI、IIの四モジュール、およびエカノーミヤ宇宙船を結合して、いまや四十メートルに達する巨大な複合体に成長している。

タンポポは最後の燃料をふりしぼって、クリスタルIIの先端、エアロック・モジュールの手前数メートルで静止した。

「タンポポよりミール、いま到着した」

『素晴らしいアプローチだった。君は腕がいいね、ゆかり』

「いえ、それほどでも」

ゆかりは赤面した。

「ミールは大きいね。こっちはまるで、象の尻尾にとまった蠅みたい」

オレグはアハハと笑った。

『うまい表現だ。ニコライが出るまでの間に、我々の家について説明しよう。僕のいる窓が見えるかい？』

「えっ、どこ？」

『エアロックより二メートル先の入り組んだ場所を見てごらん』

ゆかりは急いで外を見た。無数の配管や取手の間に、小さな丸窓があった。見えた。

あの人がオレグか……案外若いんだ。

ウェーブのかかった金髪。細面《ほそおもて》で、彫りの深い顔立ち。

――ちょっと、いい男だな。

『どうだい？』

「うん……見える。こっちも見えてる？」

『残念ながら暗くてね。先の楽しみにしておくよ』

「ニコライさんは？　通信できないの？」

『宇宙服の中で予備呼吸をしてるんでね』

「まさか、宇宙服に無線がないの？」

『いや……つまりその、彼は寡黙なほうなんだ』

「そう……？」

ゆかりは首を傾《かし》げた。寡黙な宇宙飛行士なんているのかな？

宇宙生活では、何よりも協調性が求められるって聞いたけど……。

「まー、ロシアのことだしな」

ゆかりは勝手に納得した。ロシアには、少し偏見がある。

「けど、なんたって本物の宇宙飛行士だもんね。任せときゃいいよね！」

二時間後、エアロックの丸い扉が開くと、宇宙服で着ぶくれた大きな人影が現れた。

『こちらニコライ・ベリャーエフ船長。船外に出た。タンポポ、聞こえるか？』

野太い声だった。今まで会話に加わらなかったのが気になっていたが、英語に不自由なせいではないらしい。

「感度良好です、ベリャーエフ船長」

『ケーブルを投げるから外に出ろ』

「了解」

ハッチを開き、上半身を乗り出す。

相手の顔は、金コーティングのバイザーに隠れて見えない。

ニコライは先端にスパナを結んだ、太いケーブルを投げてよこした。それは数メートルの空間を、魔法のように波打ちながら漂ってきた。受けとって船殻《せんこく》のハンドルに結ぶ。

『まず君を収容する。エアロックの操作方法は聞いているな？』

「はい」

『ケーブルをつたってこちらに来い。君が入ったら、私はカプセルの係留作業を仕上げる』

「私は手伝わなくていいの？」

『一人で充分だ』

「……了解」

無愛想な男だった。

かすかな不安を感じながら、ゆかりはエアロックにとりついた。

第九章　青い星に帰ろう

ACT・1

エレベーターのようなものを想像していたが、ミールのエアロックは両端に扉のある、マンホールのような装置だった。

足から入り、頭上で外側の扉を閉める。スイッチを押すと空気が流入し、気圧計の針が動き始めた。やがて船内気圧に等しくなり、緑のランプが点灯した。側面のハンドルを回すと、足元の扉が開いた。

「いま出してあげるよ。力をぬいててくれ」

オレグの声がして、足首が引っ張られた。

ゆかりは白い光の中に漂い出た。

そこは床も天井もない、機械と配管に囲まれた空間だった。どこが上なのか決めかねて、ゆかりは一瞬混乱した。

壁のハンドルをつかんで体をまわすと、空中に斜めに横たわったオレグと向き合った。

背はゆかりより頭ひとつ高いが、青い船内服に包まれた体は、体操選手のようにスリムだった。

オレグの褐色の瞳は大きく見開かれ、まっすぐこちらを見ていた。

「えっと……」

宇宙の挨拶か。こういう時は、まず――

ゆかりは体をオレグと平行させ、ヘルメットを脱いだ。

わずかに体が回転しはじめ、髪がほどけた。一G下でのセットを保ちつつも、ゆるやかに翼をひろげていった。

ゆかりはフィギュア・スケーターのように両腕を開いて回転を殺した。引き返してきた髪は、肩や胸のまわりでふんわりと舞った。

ゆかりは思わず顔をほころばせた。

狭いカプセルの中では味わえなかった、微小重力下のふるまいだった。

そんなゆかりを、オレグはうっとりと眺めていた。

「ようこそミールへ……やっと会えたね」

言うなり、オレグはゆかりを抱きしめた。

「おっ、おいこら――」

たっぷり一分ほどしてオレグは抱擁をやめたが、なおもゆかりの全身をながめ続けた。

皮膚に密着したスキンタイト宇宙服は、二ミリ下のみずみずしい肢体をあますところなく表現している。

「……まるで妖精だ」

オレグは、そう洩らした。

まあ、無理もないか……。

ゆかりは寛大に受け止めた。男二人で半年以上も宇宙生活してきたのである。

「えー、はじめまして。あなたと船長の判断に心より感謝しています」

そう言って、手をさしのべる。

オレグは我に返ったように、その手を握り返した。

「会えてうれしいよ、ゆかり。……さあ、コアモジュールに行こう。狭いからヘルメットとバックパックはここに置いたほうがいいね」

ミールの内部は混沌としていた。

さほど広くないトンネルのような空間は、いたるところケーブルや換気ダクトが這いまわり、無数のガラクタが結わえつけられている。

ファンの音がうるさく響き、たちこめる臭気は真夏の更衣室のようだった。

なにしろ最初のモジュールが打ち上げられてから、十年以上の歳月が流れている。あちこち更新されているものの、老朽化は隠しようもない。

ミールⅡとして計画されていた新ステーションは、ロシアの資金難にあって国際共同宇宙ステーションの一部に転用されている。

その国際ステーションの建造も難航して、いまだ人が常駐するには至っていない。それまではこのミールで保《も》たせるしかないという事情があった。

「クリスタルⅡのメイン・エアロックなら君のカプセルごと入れたんだけどね」

移動の途中、オレグは言った。

「ずっと故障したままなんで、今は物置にしてるんだ」

おいおい……。

「危険はないの？」

「いざとなったらエカノーミヤに逃げ込むさ」

エカノーミヤ宇宙船は救命ボートとして、いつでも離脱できるように準備されているという。長く使われていたソユーズ宇宙船を大幅に簡素化した有人連絡船だった。

ゴムびき布のダクトをかきわけ、マンホールのような狭い穴を抜けると、コアモジュールに出た。

スイッチボードとモニター・ディスプレイの並んだ操縦席を越え、差渡し三メートルほどのリビングルームに着く。箱型のダイニングテーブルと背もたれのない椅子が四脚、床に固定されていた。

壁の一方にはカーテンで仕切られた、試着室のような小区画があった。中には寝袋と丸窓がひとつ。

「私のカユータなんだが、君に明け渡すよ」

「カユータ？」

「個室だよ。ちょっと狭いけどね」

「あ、それはうれしい」

リビングの向こうはクワントIモジュールで、もともとは科学実験室だったが、現在はトイレと物置にしか使っていない。クワントの先はドッキングポートで、ここにエカノーミヤ宇宙船が連結されている。

「長話をしていてはいけないね。君にとって最初に必要なことを教えよう。恥ずかしがらずに聞いてくれ」

トイレの操作方法だった。

なかなか気配りのできる男だな、と思いながら説明に聞き入る。

大も小も、空気とともに汚物を吸引する仕組みだった。使い方はさほど難しくない。秘かに心配していたが、女性用の設備も揃っていた。

一人になったゆかりは、九時間ぶりの行為を楽しんだ。手と顔を突っ込む形式の洗面台を使い、髪をまとめると、ほっとため息をついた。長旅のすえ、こぢんまりしたホテルにたどりついた気分だった。

リビングに戻ると、二人目の男が座っていた。

ゆかりは一瞬どきりとして、そこがゼロGでなければ立ちすくむところだった。

こいつがベリャーエフ船長か……。

ヒグマを思わせる大男だった。

黒い髪に濃い眉、もみあげ。四角い顔に頑丈そうな体格。オレグよりひとまわり年かさで、四十代なかばというところか。

「……はじめまして。森田ゆかりといいます。このたびは救助していただき、ありがとうございました」

ゆかりがスクエアに挨拶すると、ニコライはじろりとこちらを睨み、

「おはよう」とだけ言った。

ミールはモスクワ時間で動いているので、今は午前六時をまわったところだった。

朝は不機嫌なのかな？

ゆかりは思った。

長期宇宙滞在のせいで低血圧とか……？

オレグが二人の顔を見較べ、とりなすように言った。

「さあ、歓迎パーティを始めよう。我々も朝食がまだでね。宇宙食が君の口に合うといいんだが——ゆかり、こっちに掛けて。爪先を床のハンドルにひっかけるんだ」

言われたとおり、オレグの隣に着席する。

腰掛けるためには、意図して脚を曲げなければならないが、テーブルを囲んだことで、いくらか団欒《だんらん》の場らしくはなった。

「さあ、そろそろだよ」

オレグがテーブルの蓋を持ち上げると、中は電熱ヒーターだった。大小のくぼみに缶詰やチューブ入りのドリンクが差し込まれている。

渡された缶のプルトップを引くと、茶色いどろどろしたものが見えた。おそるおそる顔に近づけてみると、強烈なにんにく臭の直撃を受けた。

「な……なにこれ」

「ビーフストロガノフさ」

缶はひとまず保留してチューブに手を伸ばす。だが蓋をとると、またもやにんにくの臭いだった。

「……これは？」

「ボルシチだよ。ロシア料理の代表格さ」

「う〜〜む」

輸送コストを考えると、恐ろしく高価な食事である。食べなきゃバチが当たるわな……。

ゆかりの前で、ニコライが黙々とスプーンを口に運び始めた。

気まずい沈黙を、ツープ管制所からの呼び出しが救った。オレグが応対した。しばらくロシア語のやりとりがあって、彼はこちらをふり返った。

「ゆかり、中継回線でソロモン基地が話したいそうだ。食事中だと言ったんだが、どうしても、という様子でね」

「いいよ、話す。ええと——」

スプーンをどこに置こうか、とゆかりがとまどっていると、ニコライがテーブルの一角にある磁石を指さした。

スプーンを固定すると、ゆかりは体を浮かし、天井で方向転換して無線機の前に漂い出た。

ACT・2

「いいですか、オンエア開始しますんで——」

管制室にはいつのまにか日本のテレビ局が入り込み、代表に選ばれたディレクターが采配を揮《ふる》っていた。那須田はマスコミを最大限に活用する方針だったので、局側の要求にはできるだけ応じていた。

「いきまーす。三、二、一、キュー」

ロシア製のカメラでとらえた、あまり鮮明とはいえない画像がメインスクリーンに映ると、ソロモン基地の管制室はどっと拍手がわきあがった。

広角レンズの視野の中で、ゆかりが手を振る。

『あーもしもし、こちらゆかりです。映ってるかな？』

「ほーい！　ゆかり、元気そうだね！」

マツリが元気に応じる。

『うん、こっちは全装置正常。いま歓迎パーティーを開いてくれてたんだ』

「よかったねえ、ゆかり。腹がへっては戦えないね」

『でもロシアの宇宙食っていまいちだね』

「ほー、どんなの？」

『それがさー』

「替わってくれ」

木下が言った。

「ゆかり、君の帰還手順を検討したいんだが」

『あ、はい』

「現在三号機の発進準備を進めているところだ。だがオービターは遠隔操作だけでミールに肉薄することはできない。そこでミールのドッキングレーダーの値をダウンリンクしてソロモン基地にまわし、そのフィードバックで誘導精度を上げようと思う。わかるか」

『だいたい。でもミールの都合はわかんないですよ』

「船長に代わってもらえるかね」

「うん。ちょっと待って」

スクリーンにニコライが現れ、英語による打ち合わせが始まった。

ディレクターが那須田にささやく。

「ちょっと、困りますよ。ゆかりちゃんを出してくれなきゃ」

「少しの辛抱だ」

那須田は余裕の笑顔で言った。

「どうせ延長無制限だろ？」

「そりゃそうですが、視聴者がダレちゃ――」

「ロシアの連中は対応が遅いんでな。先にミールの船長に話をつけたいんだ。なあに、すぐ終わる」

「おねがいしますよ。これから『森田一家の宇宙対面』なんですから」

「わかっとる。用がすんだら好きなだけやりゃあいい」

ゆかりがミールに向かうとわかった時点で、そのディレクターは局長賞もののアイデアを思いついたのだった。ミールにはビデオカメラがあり、リアルタイムで画像を送受信できる。これを使えばテレビの中で一家の対面できるではないか――。

記録的な早業で中継回線が用意され、ソロモン基地と日本とロシアのツープ管制所が結ばれた。複数の局が回線の提供と引き換えに放送権を得た結果、この番組はアジア、アフリカ、北米、欧州および豪州――つまりほぼ全世界に生中継されることになった。

木下が打ち合わせを終えると、ディレクターはマツリにささやいた。

「それじゃマツリちゃん、あのことを」

「ほい。――ゆかり、楽しいことがある。とうちゃんたちとテレビで話そう。世界中が見てるよ」

『へ……？』

スクリーンの映像に、二つの窓が開いた。

ゆかりは、ぽかんとした顔になった。一方の窓から森田寛が話しかけた。

『おうゆかり、元気そうだな』

『父さん……村から？』

『テレビの連中がやってきて、おまえと話してくれって言うんでな』

『話すって、何をよ』

『いまの心境を聞いてくれとか言ってたな』

『こっちはオールグリーンだってば。それより新しい酋長決まった？　ちゃんと帰国の準備してるんでしょうね』

『まあ、ぼちぼちな』

『約束だからね。ちゃんと守らなきゃだめよ』

『約束は約束だけどさ、ゆかり――』

打ち合わせを無視して、いきなり森田博子が参入した。ディレクターはあわてて第三の窓をインポーズした。博子は横浜の自宅にいて、バックは居間だった。

『せっかく宇宙飛行士になったんだから、急いで日本に戻ることないと思うんだけどな』

『母さん、味方してくれなきゃ――』

『マツリちゃんだって別れるのいやだよね？　それかいっしょに日本に来る？』

画面に第四の窓が開き、マツリが答えた。

『ほい、マツリは何回か飛んでから決めるよ』

『そうよねえ』

『で、ゆかり、宇宙はどうだった？　一度でこりたか？』父がたずねた。

『まだわかんない。ずっとエマージェンシー続きで忙しかったんだもん』

『でも離れ業だったじゃない。やったぞとか思わない？』母が引き継ぐ。

『そりゃ、すこしはね』

『でしょ？　寛の居場所もわかったんだし、もうしばらく続けて堪能したほうがいいって』

『私は学校に戻りたいの！　三学期までに戻らないと留年なんだから！』

『一年ぐらい何よ』

『……心配しないわけ？』

『何が？』

『私、もうちょっとで死ぬとこだったんだよ？』

『危険はどこにだってあるわ』

博子はきっぱり言った。

『宇宙で死ぬならあきらめもつくけど、家の前で車にはねられたり風呂場で石鹸踏んで死なれたりしたら、情けなくて泣くに泣けないじゃない。あたしが心から恐れるのは無意味な死よ。わかる？』

『これだもんなー』

『モリモリは蛇にかまれて死んだね』マツリが言った。

『おー、そうだったそうだった。ありゃ惜しいことをしたなあ』

『モリモリって何よ』

『えーと、トングアとの間にできた子だったかな』

『世界のみなさん――この人は我が子の母親をおぼえていません』

『あいかわらず絶倫ねえ』

『酋長の資質ってやつさ』

『タンククは川でおぼれたね。ラペペは猪に蹴られて死んだ』

『カレンギは腐った魚を食って死んだな』

『うちもさ、こないだ現場で知り合いの監督が死んだのよ。クレーンが風で倒れて、脳漿《のうしょう》ぶちまけてすごいったらないの』

『風ってやつはあなどれんなあ』

『吹いたりやんだりが恐いのよ。共振するとねえ』

『ほい、それは風の精霊に話をつけるとよかったね』
『宇宙飛行士がこんな迷信深くていいのかなー』
『しかしだなゆかり、どんなハイテクビルだって地鎮祭《じちんさい》はやるだろ』
『そうそう、寛の言うとおり。要は気の持ちようなのよ』
『もしかして二人とも、もう何度か会ってる？』
『新婚旅行以来だよ』
『今が十六年ぶりよね』
『そのわりには息が合ってるような』
『ねーねー、ゆかりの友達はどう死んだ？』
『マツリさあ、そういう話好き？』
『ほい、大好き！』
『うーん、小学校の時クラスの子がスズメバチに刺されたくらいかな』
『そんな事件あったわね。ＰＴＡで大騒ぎだったわ』
『スズメバチならこっちにもいるぞ。ほれマツリ――』
涙の対面を期待していたディレクターは、すっかり当惑していた。
だが、あえて口出しはしなかった。

森田家の四人は、ミールが交信圏を出るまでしゃべり続けたのだった。

ACT・3

ゆかりはそれからも、ソロモン基地や各国の放送局からひっきりなしに呼び出しを受け、結局ミールの消灯時間までつきあった。かれこれ二十四時間起きていることになる。さすがにへとへとだった。

ゆかりはオレグのカユータに入り、寝袋の使い方を教わった。蓑虫《みのむし》のような格好になるが、ゼロGだからどうということはない。

寝袋から首だけ出したゆかりに、オレグは言った。

「四人で話していた時、君は楽しそうだったね」

「え？……そうかな」

ゆかりは首を傾《かし》げた。

「別に楽しくはなかったけどな」

「そんなことはない。君は朝食の間、少しナーバスになっていたようだ。だがあの通信をしてから、とてもくつろいで見える」

「そうかな……」

苛立《いらだ》ったり、あきれたり、プンプン怒ってばっかりだったような気がするが……。

あの時——家族の対面が始まると知った時は、面食らった。

ゆかりが暖めてきたビジョンでは、それは成田空港の入国ゲート前で行なわれるはずだった。スーツ姿の父と並んで歩き、ゲートの向こうに母が待っている。居並ぶ記者たちの期待に反して、愁嘆場にはならない。三人は記者たちを無視してとっとと家に帰る。家に着いてから、ゆっくり話す。いろんなことを、心ゆくまで……。

だが、家族はいきなり、衛星通信網を介して集結してしまった。

そしてあっけなく、ぺらぺらしゃべり始めていた。テレビ中継されていることも、自分がロシアの宇宙ステーションにいることも、まるで気にならなかった。

思いつくまま、言いたいことを言っただけだった。

「あれが家族の団欒ってやつなのかな……」

ゆかりは日本語で、そうつぶやいた。それから英語で言った。

「オレグさんは、家族はいるの？」

「ああ。妻がね。子供はまだだが」

「いつもあんなふうに、無線で話すの？」

「まあ……ときどきね」

　オレグは、少しそわそわした様子で答えた。

　ゆかりはふと、気になっていたことを聞いてみた。

「ニコライさんは？　家族はいる？」

「彼は、妻と子供が二人だ」

「彼って、ちょっと機嫌悪いみたいだね。喧嘩でもしたの？」

「私となら、そんなことはない。とてもうまくいっている」

「じゃあ、家族と喧嘩？」

「さあ、どうだろう」

「いっしょに暮らしててわからないの？」

「まあその……なるべく干渉しないことにしてるんでね」

「半年以上もこんな場所ですごすなんて、欲求不満にならない？」

　オレグは首を横にふった。

「これは選ばれた者だけができる、とても名誉ある任務なんだ」

「そうか！」

　紋切り型の回答だったが、ゆかりは単純に納得した。

「やっぱり本物の宇宙飛行士はちがうね。あなたも軍隊の出身？」

「ああ。ハバロフスクでスホーイを飛ばしていた。ニコライも空軍大学の先輩だよ。彼は昇進してデスクワークにまわされたが、速く、高く飛ぶことをやめようとしなかった。それで宇宙飛行士に志願したんだ」

「へえ。まっしぐらなんだ」

「たいした男だよ。しかし君だって本物さ」

「そうかな」

「それにとてもチャーミングだ」

「ありがとう」

ゆかりは微笑んだ。

「あのとき——タンポポの接近を独断で決めてくれたの、とてもうれしかった」

「当然のことだよ。きみがどんな気持ちでいたか、我々にはよくわかったからね」

「ありがとう」ゆかりは繰り返した。

いま頃になって、安堵の思いがこみあげてきた。

人間が築いた宇宙の島・ミール。ここにたどりつけて、本当によかった……。

安心したとたん、ゆかりは睡魔におそわれた。

「ごめんなさい、まぶたがくっつきそう」

「ぐっすり眠るといい。おやすみ」

オレグはそう言って、立ち去った。

ゆかりはすぐに眠りに落ちた。

ACT・4

「ミールのほうは全員就寝したそうです」

木下はそう告げると、ヘッドセットを外した。

「よおし。我々も一休みするか。みんなご苦労だった」

那須田が言うと、徹夜で管制室につめていた面々もいっせいにヘッドセットを外し、大きく伸びをした。

木下は席を立つと、那須田の前に来て言った。

「あとは三号機ですね。これさえうまくいけば、大成功といっていいでしょう」

「そうだな。メインブースターのジャイロの不具合はどうなった？」

「ダンパーの部品に規格外品が混入していたそうです。もう改修を終えました」

「そうか。……どうやら精霊のいたずらも、ここまでだったようだな」

那須田は深々とため息をついた。

さつきがコーヒーを盆に載せてやってきた。

「お、気が利くね、さつきくん」

「医学テレメトリが途絶えちゃったから、あたしだけ暇なんですよ」

「君としては睡眠中のデータが欲しいところだね」と、木下。

「どうせ熟睡してて、面白いデータにならないだろうけど」

さつきは言った。

「……でもゆかりちゃん、よくやったわ。度胸と集中力は抜群ですね、あの子」

「あの家庭環境じゃ、精神も鍛えられるだろうね」

「しかし、ほんとにこの一度でやめちまうのかなあ……」

それだけが残念、という顔で那須田は言った。

「かえすがえすも惜しい人材だ。学校のどこがいいってんだ」

「ゆかりちゃんて結局、並の学校生活にあこがれてるんですよ。両親を揃えて、友達に気をつかわれない普通の生活がしたいっていうか」

「そういや、そんなことを言ってたな」

「あれで普通に戻るとも思えませんがね」木下が苦笑する。

「まったくだ。世の中、片親だっていくらでもいるだろうに」

「本人は真剣なのよ。わかってあげなきゃ」

「まあな」

那須田はこみあげてきた欠伸《あくび》をかみ殺した。

「ちょっと横になるか。ベッド空いてるかね？」

「訓練センターの仮眠室なら」

昔は二晩完徹なんて平気だったがなあ、とつぶやきながら、那須田は管制室を出た。

ACT・5

どれくらい眠っただろうか——。

話し声で、ゆかりは目覚めた。

怒気をはらんだ声だった。

ニコライだな、とゆかりは思った。

オレグの声もした。意味はわからないが、ニコライが責め、オレグが弁明しているような感じだった。

口論はしだいにエスカレートしてきた。

ガタン、と何かがぶつかる音がして、ひときわ高いオレグの声が聞こえた時、ゆかりはついにじっとしていられなくなった。

なんだか知らないが、ここで殴り合いなどされては困る。

通気のために開いていた宇宙服のファスナーを閉じ、そっとカーテンを開く。

常夜灯のともるコアモジュールには、誰もいなかった。

ドッキングポートに通じる扉が開き、その先から光が洩れている。

クワントⅡかな？

ゆかりはそっとカユータを出て、声のするほうに漂い出た。

ドッキングポートは十字路になっている。直進すればクリスタルⅡ、上はクワントⅡ、下はクリスタルⅠである。

光は上から洩れていた。

十字路の角まで来たとき、声が急に低くなった。

しまった、気づかれた！

ゆかりは一瞬身を硬くしたが、考えてみれば仲裁に入るつもりで来たのだから、隠れる必要はなかった。

このときニコライの声は、妙に甘い、猫なで声になっていた。

顔を出したゆかりは、そこで凍りついた。

二人は抱き合い、キスを交わしていた。

こっ……こいつらは……。

その時、腕時計が配管に触れて、小さな音を立てた。

オレグとニコライは、弾《はじ》かれたように体を離し、こちらを振り向いた。

顔色が変わっていた。

決して見られてはならないものを、見られてしまった――そんな顔だった。

最初に動いたのはニコライだった。

オレグの体を突き押し、その反動でこちらに向かってくる。

そのどす黒く鬱血《うっけつ》した、般若《はんにゃ》のような面相に、ゆかりは震え上がった。

な、なんだ!?

なんか悪いことしたか!?

ニコライの手が肩にかかった。

その手を必死でふりほどいて――とりあえず――ゆかりは逃げた。

だが、どこへ!?

ドッキングポートで九十度方向転換し、無我夢中で別のモジュールにとびこむ。

クリスタルⅡだった。

つきあたりの壁に、自分のヘルメットとバックパックがマジックテープでとめられている。

――ここって、エアロックの場所か!

振り返ると、ニコライの巨体が入口を塞いでいた。

「待つんだ、ゆかり。落ち着いて——」

られるかっ！

ゆかりは壁からヘルメットとバックパックをむしり取ると、エアロックに飛び込んだ。

「待て！　ばかなことをするな！」

かまわずハンドルを回す。

閉じはじめた内扉に、ニコライの指がかかった。ゆかりはかまわず回し続けた。

オオウ！　と獣のような悲鳴をあげて、ニコライは手をひっこめた。

直後、扉は密閉した。

ゆかりは扉をロックし、大急ぎでヘルメットとバックパックを装着した。


「どうした。ゆかりはどこへ行った？」

一足遅れで飛び込んできたオレグが聞いた。

「エアロックに入った。こっちからじゃ開けられない」

「なんてこった！」

オレグは内扉にとりつき、激しくノックした。応答はない。

「どうする。下手に出たら助からないぞ！」

「エアロックの制御電源を切るんだ」

ニコライが言った。

「それで排気弁のインターロックがかかる。それから無線で説得してみよう」

「そうか！」

二人はコアモジュールに移動した。

壁の一角にある配電盤のパネルを開く。

と、もつれた太いケーブルの束が飛び出してきた。

「な、なんだこれは。どうなってるんだ！」

「……そうか。確か二年前の停電事故のときに補修したんだ」

「あんたがか？」

「いや。あの時はウラジミールとビクトルの組だった」

「どうすりゃいいんだ!?　改修報告書はあるのか？」

「クワントⅠのガラクタの山のどこかにあるはずだが」

「あそこを探してたら一週間はかかるぞ！　ツープに問い合わせてみたらどうだ」

「今は当直しか起きていない。どうせわかる者はいないだろう」

ニコライは言った。

「君もエンジニアだろう。配線を見てわからんのか」

オレグは舌打ちした。

「……そのほうが早いか」

オレグは工具箱を引き寄せ、作業にとりかかった。

その配電盤はミール複合体の心臓部だった。巨大な太陽電池パネルから届く十六キロワットの電力はすべてここに集中しており、バッテリーやインバーター、そして無数の機器に分配されている。

オレグは脂汗をうかべていた。

ぞんざいに補修したケーブルは、絶縁テープが長い年月のあいだに硬化して、いまにも剝がれそうだった。しかもヒューズやブレーカーを無視して直結してあるので、下手にいじると何が起こるかわからない。

「ちくしょうめ、こんな地雷原の上で半年も暮らしてたとはな。……これか」

オレグは端子のひとつに注目した。

「ここを切ればいいんだ……たぶん」

そう言い聞かせて、ニッパーを握る。

「おい。たぶんじゃだめだ」

横からニコライが言う。

「納得いくまでチェックしろ」

「時間がないんだ。やるしかない」

「そんなにあの娘が大事か」

「あのなあ」

オレグは向き直り、もううんざり、という顔で言った。

「俺はあんたの持物じゃない。確かに俺はあんたの愛を受け入れた。今もそうだ。だがそれは俺の意志でやったことだ。あんたに所有されたってことじゃないんだ！」

「それで今度は娘に尻尾を振るのか」

「救助した娘に親切にするのがそんなにおかしいのか！」

「俺はお前がノーマルに戻ったような気がしてるんだ」

「何度も言ってるだろう、思い過ごしだ。もうやめよう！」

しつこく蒸し返すニコライを無視して、オレグは作業に戻った。いらいらと、めざすケーブルにニッパーをあてる。

「大丈夫……うまくいくさ」

パチン。

爆発が起きたのは、その直後だった。

ACT・6

バーン！　という物凄い音がして、ゆかりの体は内扉に叩きつけられた。

衝撃と同時にエアロックの操作パネルのランプがすべて消え、中は真っ暗になった。

「いっ……てえ！　どうしたってのよ⁉」

どこからか、空気の洩れる音がした。

ゆかりは急いでヘルメットのバイザーを閉めた。フラッドライトを点灯して、操作パネルに向ける。

とはいえ表示はすべてキリル文字で、読めたものではなかった。こんな場合の緊急操作も教わっていない。

「ミールが動き始めたの⁇　だけど――」

かなりのインパルスだった。あの巨体が、こんな加速をしたらたちまちバラバラになってしまうだろう。

ゆかりは戦慄した。

きっと、ロシア人たちは自分を抹殺しようとして、何かとんでもないミスをやらかしたのだ――そうにちがいない。

とにかく、ここを出よう。沈みかけた船にいちゃだめだ。タンポポに戻れば、あと二時間は生存できる。

ゆかりは外扉の開閉ハンドルをまわした。扉が開き始め、隙間から空気が抜ける。

宇宙の闇が口を開いた。

すぐそばに、タンポポを係留したケーブルが繋がれていた。

その先を見たゆかりは、愕然とした。

「ない……タンポポがない!!」

ケーブルは数メートル先で切れていた。

ゆかりは身を乗りだし、周囲を見回した。

そしてまた、愕然とした。

「ない……ミールがない!!」

ACT・7

ツープ管制所からの緊急連絡が入ったのはソロモン時間の午前十一時四十分。打ち上げ二日目の昼だった。

「ミールが崩壊しただとぉ!?」

那須田は受話器に向かって叫んだ。

「どういうことだ。詳しく説明しろ!!」

『まだ完全にというわけではないが、すべての機能が停止している。クリスタルⅡモジュールの接合部分の爆破ボルトが点火したためらしい』

「あんたんとこのステーションはそんな物騒な機構があるのか!!」

『火災などに備えて、モジュール単位で緊急投棄できるのだ。だが、なぜそうなったかはよくわからない。そう簡単には作動しないはずなのだが』

「ゆかりは無事なのか」

『ゆかりは、その――分離したクリスタルⅡにいた』

「な……」

那須田の顔から血の気が引いてゆく。

「なんだとお!! 早く救助しろ!! 他の二人は無事なのか!?」

『猛烈な減圧にさらされ、火傷も負ったが、どうにか生き延びた。今はエカノーミヤ宇宙船に退避している。ゆかりも宇宙服を着ているので、まだ生きている可能性がある』

「ならさっさとエカノーミヤでゆかりを収容しろ」

『残念だがそれはできない』

「なぜだ!!」

『エカノーミヤには帰還のための燃料しか残っていない。たとえ至近距離でも、ゆかりとランデヴーするのにどれほど燃料を消費するかはわかるだろう』

「ミールに連れ戻すだけじゃないか。帰還は次の船を待てばいい」

『そのミールの状況がよくわからないんだ。調査したくても、ニコライとオレグは宇宙服を着ずにエカノーミヤに乗ってしまった。ミールが使えない場合、そのエカノーミヤで帰還するしかないんだ』

「……くそっ！」

那須田は受話器を叩きつけた。

説明を聞くと、木下が言った。

「バックパックですが、すでに船外活動で二十分ほど使ってますから、あと四十分です。がんばっても一時間が限度でしょう」

「三号機を迎えに出せるか」

木下はうなずいた。

「いまなら無理すればランデヴー可能です。ですが最後に手動操縦しない限り、ピンポイントではドッキングできません。ミール側が動けないとなれば、せいぜい数キロまで近寄る程度でしょう」

ゆかりの宇宙服には噴射装置がついていないから、目の前まで行かなければ移乗できない。

「ほい、それならマツリが乗って行くよ」

マツリが言った。

「こちらでクリスタルIIをみつけて、ゆかりをミールに連れ戻す。ゆかりはカプセルの外につかまればいい」

「しかしミールの状況がわからんとな」

「エカノーミヤにもう一人乗れるよ」

「それができんのだ。あれにはエアロックがないから、ゆかりを乗せるには空気を抜くしかない。だが中の二人は宇宙服を持ってないんだ」

「しかし今は、ミールが避難所に使えると仮定するしかないでしょう」

木下が言った。

「マツリ君を乗せて発進までに十五分、メインブースターで近点噴射までやれば、ランデヴーに三十分——きわめて型破りな飛行ですが、成功の見込みはあります」

「メインブースターにそんな器用な真似ができるのか？」

「できるよぉ」

素子が言った。

「アイドル燃焼モードがあるもん〜〜」

「い、いつの間にそんな機能を……」

だが、那須田はただちに決断した。

「マツリ君、いきなりだが君の番だ。さつき君はマツリに宇宙服を着せて発射台へ直行しろ！」

ACT・8

ゆかりは、大きなコンクリートミキサーのようなクリスタルⅡの外に、ぼんやりと漂っていた。

「まさか、モジュールごと切り離すなんて……」

どうしてこんなことになったのか。

事故なのか故意なのか。本当に殺意があったのか……。

考えてみれば、彼らがロシア政府の指示をあおぐ暇などなかったはずだ。プライバシーが露見したからといって、口封じに抹殺までするだろうか？

今となってはわからない。

バックパックに装備された無線を試してみたが、もちろん応答はなかった。送信出力は微弱なもので、遠距離の通信にはタンポポの中継が必要だった。

生き延びたと思ったのにな……。

息が苦しくなってきた。

ゆかりは、夜の地球を見下ろした。

「最後にもういっぺん青いのが見たいな……」

この軌道での夜は三十五分しか続かないが、次の夜明けまでもつかどうか。

ふと見ると、クリスタルⅡの外壁が、かすかな赤味をおびているのに気づいた。

夜明けの兆しではなかった。

希薄な酸素分子が衝突して、淡い光を放っているのだった。

「セントエルモの火みたい……これが出ると、嵐がおさまるっていうけど」

ゆかりはぼんやりと、そんな連想をした。

やがて進行方向の地平線に、輝く弧が一筋走った。本物の夜明けだった。

青と赤の色彩をしたがえて、曙光は刻一刻と輝きを増していった。雲の峰が赤く染まり、海の青がよみがえる。

まぶしさに目をそらした時、ゆかりは無数の光の粒子に取り囲まれていることに気づいた。真空中にもかかわらず、どの光もちらちらと明滅している。

星の子供が、迎えに来たんだ……。

濁ってきた意識のなかで、ゆかりはそんなことを思った。

そして、誰かにそっと抱かれたような気がした。

「ほい、ゆかり。生きてるか？」

「まあね」

感傷にひたってるんだから、ムード壊さないでよ、マツリ……。

ゆかりは我に返った。

「え!?」

振り向くと、マツリがいた。

後ろには、カプセルも浮かんでいる。

「ど……どういうこと？」

「迎えに来たよ。ミールに案内する」

「ミールは無事なの？」

「わからない。行ってみるしかない。予備のバックパックを持ってきたから、取り替えよう。それからノーズに抱きついて」

「わ――わかった」

ゆかりは急いで新しいバックパックを装着した。

新鮮な空気で思考能力は回復したが、三号機がたった半時間でここまで来た事実は、いまだに信じられなかった。これは、ほとんど理論限界に近い。

だが、カプセルの側面には、まぎれもない『ココナツ』の文字がある。マツリが命名した三号機のコードネームだった。

『ゆかり、発進するよ。準備はいい？』

カプセルの中から、マツリが言った。

ゆかりは船首に馬乗りになった。

「いいよ。そっとね」

『ほい』

カプセルが動き始めた。周囲に漂っていたモジュールの破片——星の子供と見えたもの——が、ゆっくりと後方に遠ざかる。

前方に、ひときわ明るい光が見える。

「あれがミールなの？」

『そうだよ。スペースコマンドがそう言ってる。あと三十キロぐらいだね』

「あっちの二人はどうなったの？」

『エカノーミヤにいる。でもミールのことはわからないと言ってる』

「そう……」

エカノーミヤと無線で話してみようか、とゆかりは思ったが、どうもためらわれた。

ミールの形がわかるところまで来たとき、声は向こうからやってきた。

『ゆかり、聞こえるか』

ニコライの声だった。

ゆかりはどきりとしたが、つとめて冷静に答えた。

「……よく聞こえます」

『あんなことになってすまない。君を怖がらせるつもりはなかった。私は人相が悪いものでね』

ゆかりは黙って聞いていた。

『君があわてて外に出るのを止めようとしたんだが、誤ってモジュール分離機構が作動してしまった』

「そう……だったんですか」

『ゆかり、よく聞いてほしい。もしミールの窓から内部の明りが見えれば、ミールに避難できる可能性がある。完全に停電していたら、現状では修復不可能だ』

「はい」

『もしだめなら、君にはエカノーミヤに乗ってもらう。我々は宇宙服がないので、君を乗せたあとは操縦ができない可能性がある』

「え……？」

『コンピュータに帰還シーケンスをセットしておいた。地上との交信さえできればなんとかなるだろう』

ゆかりが、その言葉の意味をのみこむまでに、少し時間がかかった。

「そ——そんな提案は、受けられません！」

『受けてほしい。これはオレグの意志でもある。我々は宇宙飛行士としての誇りを汚したくない。わかってくれ』

「わ、私だって——」

ゆかりはむきになって言った。

「私だって宇宙飛行士です！　二人死ぬか、一人死ぬかとなれば、答は決まってます！」

『ゆかり、君は若いんだ』

ニコライは静かに言った。

『君の未来を奪うわけにはいかない。ましてこれからの宇宙の担い手となればだ』

「でも私——宇宙飛行はこの一度きりで」

『そうとは思えないね。さあ、もう見えるはずだ。窓に明りはともっているか？』

ゆかりは目をこらした。

どの窓からも、光は洩れていなかった。

『どうだ、ゆかり』

「見えない……中は……真っ暗で」

ゆかりは涙声で答えた。

『よろしい。ではエカノーミヤの横につけてくれ。これからエアを抜く』

「やめて！　ニコライさん！　お願い！」

ゆかりは声を限りに叫んだ。

そこへ、場違いなマツリの声が割り込んだ。

『ほい、ニコライさん、少し待って』

『……どうした？』

『こっちのカプセルにゆかりを乗せる方法を思いついた。これでみんな助かるよ』

『本当か？——とても信じられないが』

「できっこないよ、マツリ！」

『大丈夫、きっとうまくいく』

そう言うなり、ハッチが開いた。

マツリはしばらくかがみこんで、ごそごそやっていた。

「マツリ、どうする気なの？」

『これを捨てるよ』

ハッチからほうり出されたものを見て、ゆかりは心臓が止まりそうになった。

それは計器盤だった。

「ち——ちょっと！　何するの!!」

『まだ狭いね。電子装置も捨てよう』

「こっ、こらっ！　カプセルを壊すんじゃない！」

『大丈夫、コンピュータのかわりにヒューズパネルを手でオンオフすればいい』

「あのねマツリ、これはカヌーじゃないんだから——ああぁっ！」

マツリは計器盤の裏にあるアビオニクス・ベイをまるごと外し、外に投げ捨てた。かけがえのないコンピュータや無線機の集合体が虚空に消えてゆく。

『これでいい。さあゆかり、入っておいで。いっしょに帰ろう』

「マツリぃ〜〜」

『ほれほれ、ゆかり、入って。それともエカノーミヤに乗せてもらうか？』

「む……」

それは命にかかわる決断だった。

確かに、カプセルの装置はすべて構造化されている。どんな状況でもモジュールごとの安全な分離が可能だと向井は保証していた。

そしてコンピュータが故障したら回路を切り離し、手動操作するという訓練も、いやというほど受けてきた。姿勢や位置はペリスコープで地上を観測すればなんとかなる。

だがゆかりは、再突入がそれほど甘くないことも知っていた。

秒速八キロ弱で飛翔する物体にとって、大気圏は固体の壁といってよい。

カプセルはガスバーナーの炎に等しい高熱にさらされる。それに耐えられるのは耐熱シールドだけで、もし姿勢が崩れたらカプセルは瞬時に灰になる。

首尾よく再突入に成功しても、着水後の位置を知らせる手段がない。

タイミングが十秒ずれると着水地点は八十キロずれる。この電話ボックスほどの物体が、八十キロ離れた船やヘリコプターから見えるだろうか？　よほど正確に回収チームの待機する場所に降りないと、海上で遭難する危険が大きい。

ゆかりは思わず左の手首を見た。

タイミングを測る計器は、このオメガの腕時計しかない。これとヒューズパネルのスイッチ操作だけで、針の穴のような突入回廊に進入できるだろうか。

それとも……エカノーミヤに乗せてもらうか？

いやだ。自分のためにあの二人を真空にさらすなんて、死んでもいやだ。

ゆかりは決意した。そう――本物の宇宙飛行士は自分で決めるんだ。

「ベリャーエフ船長。そういうことですから、私はこちらの船で帰ります」

『しかし……本当にいいのか』

「安心して見ててください！」

空元気《から》を振り絞って、ゆかりは言い切った。

ゆかりがカプセルに足を突っ込むと、マツリがそれを引っ張った。

「うっ、これはきつい……」

「ほれほれ、もっと奥に入る」

「せ、狭ひ……」

ゆかりは身をかがめ、マツリの上に腰掛ける格好で、どうにか体を押し込んだ。

「ゆかり、ハッチを閉めて」

「う、うん」

船内に空気を満たし、ヘルメットとバックパックを外して足元に追いやる。

「だけど、逆噴射のタイミングなんかどうしよう？　質量補正があるし……」

「計算はゆかりにまかせるよ。木下さんに教わった通りにやればいいね。マツリはよくわからない。でも電卓はある」

「よ、よーし……」

文明人の意地である。ゆかりは腕を伸ばして、ナビゲーション・エイドの袋から電卓とオペレーション・マニュアルを取り出した。

「ゆかり、マニュアルの最後に軌道チャートをつけてもらった。二周目でアラフラ海に降りる予定だよ」

「……これか。あんまり時間がないな」

ゆかりは急いで電卓を叩いた。ゆかりの体重から捨てたモジュールの質量を差し引くと五キロ増になる。それをもとに、逆噴射のタイミングや推力を割り出す。

「ブラジル上空で逆噴射——あと六分九秒か」

「姿勢はいつもどおりでいいね？」

「たぶん。あ、ちょっと待って、操縦桿に腰がさわってる」

体をひねって、わずかな空間を作る。

「ゆかり、ペリスコープが見えない。かわりに見ててほしい」

「よ、よしっ……」

万事この調子だった。

ゆかりは腕時計をにらみ、マニュアルと首っぴきで指示を出していった。

「……三、二、一、エンジンカット！」

「ほい」

「窒素ブロー、オン」

「ほい」

「OMSノズル、収納」

「ランプ、グリーン」

「シールド閉鎖。ラッチ1から4、確認」

「ほい、四つともグリーン」

コンピュータが秒単位ですすめてゆく仕事を、人間がやるのだから大変である。

逆噴射が終わると、カプセルはみるみるうちに降下しはじめた。

ゆかりは突入姿勢を決めるため、ペリスコープで地平線との角度を読んだ。

「ピッチコントロール、プラス2」

「ほい」

「行きすぎた。マイナス1」

「ほい」

「もうちょい！」

「どう？」

「よし……これでいいはず」

ゆかりは動悸が高まるのをおぼえた。

「ねえマツリ、これで余剰燃料すてていいかな？」

「こっちには見えない。まかせたよ、ゆかり」

燃料をすてたら、もうやり直しはできない。だが、タンクに燃料を残すと再突入の熱で誘爆する恐れがある。

「やるっきゃないか。燃料投棄、バルブＢ５、Ｂ６開放、急いで」

「ほいっ」

ミンダナオ島上空を通過したとき、ゆかりは最初の振動を感じた。

「きた……」

大気圏再突入の始まりだった。

小刻みな振動が、どんどん高まってゆく。

ゆかりは背中に、マツリの胸のふくらみを感じた。

「マツリ、大丈夫？　重くない？」

「平気だよ」

「でも……え？　ちょっと！」

ゆかりは、いま初めて気づいた。

再突入時の荷重は最大十Ｇに達する。その時、二人の体重は合計八百キロ――そして、下敷きになるのはマツリだった！

「ど、どうしよう、マツリ。このままじゃ」

「平気だよ。タリホ族の女は丈夫だよ」

「だけど――」

Ｇは容赦なく増え続けた。

すでに窓は灼熱のプラズマで赤く染まっている。

ゆかりは狼狽《ろうばい》した。

今となっては身動きもできない。マツリの上以外に、どんな空間も残っていないのだ。

「どうしよう、つぶれちゃうよ、マツリ！」

「心配ない、ゆかり」

「でも、でも――」

「とうちゃんに……」

マツリは息を切らせた。

「……ちゃんに……ゆかりを護ってくれと頼まれた……心配……ない……」

「マツリ！　マツリ！　マ――」

すさまじい振動と荷重が、カプセルを包みこんだ。

圧倒的な力が、ゆかりをマツリの柔らかな体の上に沈めてゆく。腕で支えようとするが、どうすることもできない。

永遠とも思えた三分がすぎると、嵐のような荷重はおさまった。

だが、何度呼んでもマツリは答えなかった。

「馬鹿！　馬鹿！……どうして、どいつもこいつも、ほいほい犠牲になれるの！」

矢のように落ちてゆくカプセルの中で、ゆかりは涙にくれた。

だが、残っていた一片の理性が、きわどいところで最後の操作を思い出させた。

ヒューズパネルを手探りして、パラシュート開傘スイッチを入れる。

数次にわたる衝撃とともに主パラシュートが開き、直後、カプセルは海面に飛び込んだ。

フロートが膨らむと、ゆかりは急いでハッチを開き、湯気を立てる船殻《せんこく》に這い上がった。

かがみこんでマツリのハーネスを解き、上半身をゆさぶる。

「マツリ！　マツリ！　起きて！」

ゆかりは涙に濡れた目をこすって、マツリの顔をのぞき込んだ。

「マツリ……」

睫毛《まつげ》が、ぴくりと動いた。

それから、目蓋《まぶた》がぱっちりと開き、大きな、猫のような瞳が、ゆかりを見上げた。

胸がゆっくりと持ち上がり、唇が動く。

「ほい、ゆかり。ここはどこ？」

「……地球」

そうとしか、言えなかった。

空も海も、見渡す限り、青く澄んでいた。

陸地はどこにも見えない。

二人は長いこと、カプセルに並んで腰掛け、足を海水にひたして、ぼんやりと潮風をあびていた。

ゆかりは不意に思い出した。

あの青だ――赤道をとりまく、濃い、生命力に満ちた青。

ゆかりは言った。

「……案外、外してないかもね。着水地点」

「そだねー」

ヘリコプターの爆音が聞こえてきたのは、それからまもなくのことだった。

ACT・9

年が明けると、アクシオ島は世界の中心になっていた。

スペースシャトルなら三百億かかる一回の有人飛行に、那須田は九億という価格を提示して、各国の宇宙産業を驚愕させた。

絶対の信頼性を要求される衛星も、打ち上げ後のメンテナンスを前提にすればコストは激減する。同時に、高騰していた衛星保険料の相場もくつがえり、それだけで総費用は三割減になった。

ソロモン宇宙協会の小さなロケットがもたらす途方もない経済効果がわかると、日本政府はもはや引き下がれなくなった。新年度からの予算倍増は確実だった。


二人の宇宙飛行士が国際的アイドルになったことはいうまでもない。

だが、ゆかりはパレードや晩餐会の招待をすべて断って、三学期からの復学にそなえていた。那須田は土下座までしてひきとめたが、ゆかりは応じなかった。

お祭り騒ぎは終わったのだ。

ゆかりはそう、自分に言い聞かせていた。

ゆかりが態度を変えたのは、帰国前日、母からの短い国際電話の後だった。

その決定は教育関係者がときおり見せる、度外れた潔癖さによるもので、確かに筋は通っていた。

『アルバイトがばれたのよ』

ゆかりの母は言った。

『あんた退学になったわ』

あとがき

本書は一九九四年三月より富士見書房ドラゴンマガジンに連載され、翌年文庫化された。準備を始めたのが一九九三年だから、ちょうど二十年前の作品になる。

こんな古い作品を復刊して、楽しんでもらえるだろうか——とも思ったのだが、今回再読してみると、我ながら、悪くない気がした。単なる懐古ではなく、いま世に問う価値があると思えたのだった。

宇宙開発の世界で二十年は長い。本書の世界ではロシアの宇宙ステーション・ミールとアメリカのスペースシャトルが現役だ。国際宇宙ステーションのモジュール打ち上げは始まっていない。携帯電話やインターネットは普及していず、女の子たちはポケベルを使っていた。JAXAはまだなく、NASDAとISASが別々にロケットを打ち上げていた。

本書のテクノロジーSFとしてのポイントは、そんなスペースシャトルの全盛期にカプセル型宇宙機を打ち出したことにある。

ロケットが運ぶ重量は、上段にいくほどシビアになる。大気圏内で捨てられる一段目の百kgと、軌道に達する最上段の百kgでは、コストが何十倍も違う。スペースシャトルは数人と二十トンの貨物を運ぶために七十トンの機体を軌道まで連れてゆく。再使用のため、機体には大きな翼と重い車輪がついているが、いずれも宇宙空間ではまったく役に立たないものだ。カプセル型なら二十トン程度ですんだだろう。

そして本書の登場人物が不吉な予言をした通り、二〇〇三年にコロンビア号空中分解事故が起きた。原因は外部燃料タンクから剝がれた断熱材がシャトルの翼前縁に衝突したためだった。

この事故は「宇宙機はシンプルに、ロケットの先端に取り付けるべきだ」と論評された。NASAはシャトルの使用継続をあきらめ、カプセル型宇宙機の復活にとりかかった。そしてNASAがもたついているうちに、民間ベンチャーのスペースX社がドラゴン宇宙船を完成させ、無人ではあるが国際宇宙ステーションとの往還を成功させている。

ロケットガールを運ぶ小さなロケットの一段目には、ハイブリッド・エンジンが使われている。これもこの二十年間でよく知られるようになった技術だ。北海道で開発が進められているＣＡＭＵＩロケットがそのひとつで、私の小説にもたびたび登場している。開発の中心になっている北大の永田晴紀先生は「大型化するよりも小さくて安いロケットをたくさん打ち上げたい」とおっしゃっておられたが、すでに推力五百kgの、決して小さくないロケットが何度も打ち上げられている。

また、二〇〇四年に高度百kmに達する有人弾道飛行を実現したアメリカのスペースシップワンもハイブリッドロケットを使っている。こちらの推力は七・五トンだ。

ヒロインの着るスキンタイト宇宙服については、私は楽観していない。だが、マサチューセッツ工科大学でそっくりなものが研究されているのをニュースで知った方も多いだろう。「MIT Skintight Space Suit」で検索すれば、そのセクシーな姿が見られるはずだ。これは希薄な大気のある火星でなら、実用になるかもしれない。

カプセル型宇宙機、ハイブリッドエンジン、スキンタイト宇宙服――いずれも実現していたり、ＳＦでは古くからあるものだ。だが二十年前、これらを寄せ集めて宇宙へ行こうと考えていた人は少なかった。だから、ＳＦとして世に問う意味があった。

二〇一三年現在、本書にあるのは、かつてＳＦだった、現在の宇宙開発シーンである。

もちろん相違点はいくつかあって、本書が勝っている部分も、現実が勝っている部分もある。それらを見つけ、理由を洞察するのは読者の楽しみとしよう。少なくとも、女子高生はまだ軌道に到達していないようだ。

二〇一三年十月

野尻抱介

本書は一九九五年三月、二〇〇六年十月に富士見ファンタジア文庫より刊行された作品を、再文庫化したものです。

野尻抱介作品

太陽の簒奪者《さんだつしゃ》

太陽をとりまくリングは人類滅亡の予兆か？星雲賞を受賞した新世紀ハードＳＦの金字塔

沈黙のフライバイ

名作『太陽の簒奪者』の原点ともいえる表題作ほか、野尻宇宙ＳＦの真髄五篇を収録する

南極点のピアピア動画

「ニコニコ動画」と「初音ミク」と宇宙開発の清く正しい未来を描く星雲賞受賞の傑作。

ヴェイスの盲点

ロイド、マージ、メイ――宇宙の運び屋ミリガン運送の活躍を描く、〈クレギオン〉開幕

フェイダーリンクの鯨

太陽化計画が進行するガス惑星。ロイドらはそのリング上で定住者のコロニーに遭遇する

野尻抱介作品

アンクスの海賊

無数の彗星が飛び交うアンクス星系を訪れたミリガン運送の三人に、宇宙海賊の罠が迫る

サリバン家のお引越し

メイの現場責任者としての初仕事は、とある三人家族のコロニーへの引越しだったが……

タリファの子守歌

ミリガン運送が向かった辺境の惑星タリファには、マージの追憶を揺らす人物がいた……

アフナスの貴石

ロイドが失踪した！　途方に暮れるマージとメイに残された手がかりは〝生きた宝石〟？

ベクフットの虜

危険な業務が続くメイを両親が訪ねてくる!?しかも次の目的地は戒厳令下の惑星だった!!

ハヤカワ文庫

小川一水作品

第六大陸 1

二〇二五年、御鳥羽総建が受注したのは、工期十年、予算千五百億での月基地建設だった

第六大陸 2

国際条約の障壁、衛星軌道上の大事故により危機に瀕した計画の命運は……。二部作完結

復活の地 I

惑星帝国レンカを襲った巨大災害。絶望の中帝都復興を目指す青年官僚と王女だったが…

復活の地 II

復興院総裁セイオと摂政スミルの前に、植民地の叛乱と列強諸国の干渉がたちふさがる。

復活の地 III

迫りくる二次災害と国家転覆の大難に、セイオとスミルが下した決断とは？　全三巻完結

星界の紋章／森岡浩之

星界の紋章Ⅰ―帝国の王女―

銀河を支配する種族アーヴの侵略がジントの運命を変えた。新世代スペースオペラ開幕！

星界の紋章Ⅱ―ささやかな戦い―

ジントはアーヴ帝国の王女ラフィールと出会う。それは少年と王女の冒険の始まりだった

星界の紋章Ⅲ―異郷への帰還―

不時着した惑星から王女を連れて脱出を図るジント。痛快スペースオペラ、堂々の完結！

星界の断章Ⅰ

ラフィール誕生にまつわる秘話、スポール幼少時の伝説など、星界の逸話12篇を収録。

星界の断章Ⅱ

本篇では語られざるアーヴの歴史の暗部に迫る、書き下ろし「墨守」を含む全12篇収録。

星界の戦旗／森岡浩之

星界の戦旗Ⅰ―絆のかたち―

アーヴ帝国と〈人類統合体〉の激突は、宇宙規模の戦闘へ！『星界の紋章』の続篇開幕。

星界の戦旗Ⅱ―守るべきもの―

人類統合体を制圧せよ！ ラフィールはジントとともに、惑星ロブナスⅡに向かったが。

星界の戦旗Ⅲ―家族の食卓―

王女ラフィールと共に、生まれ故郷の惑星マーティンへ向かったジントの驚くべき冒険！

星界の戦旗Ⅳ―軋《きし》む時空―

軍へ復帰したラフィールとジント。ふたりが乗り組む襲撃艦が目指す、次なる戦場とは？

星界の戦旗Ⅴ―宿命の調べ―

戦闘は激化の一途をたどり、ラフィールたちに、過酷な運命を突きつける。第一部完結！

ハヤカワ文庫

著者略歴　1961年三重県生，作家　著書『太陽の簒奪者』『沈黙のフライバイ』『ヴェイスの盲点』『ふわふわの泉』『南極点のピアピア動画』（以上早川書房刊）『ピニェルの振り子』他多数

HM=Hayakawa Mystery
SF=Science Fiction
JA=Japanese Author
NV=Novel
NF=Nonfiction
FT=Fantasy

ロケットガール1

女子高生《じょしこうせい》、リフトオフ！

〈JA1136〉

二〇一三年十一月十日　印刷
二〇一三年十一月十五日　発行
（定価はカバーに表示してあります）

著者　野《の》尻《じり》抱《ほう》介《すけ》
発行者　早川　浩
印刷者　西村文孝
発行所　株式会社　早川書房
郵便番号　一〇一 - 〇〇四六
東京都千代田区神田多町二ノ二
電話　〇三 - 三二五二 - 三一一一（大代表）
振替　〇〇一六〇 - 三 - 四七七九九
http://www.hayakawa-online.co.jp

印刷・精文堂印刷株式会社　製本・株式会社フォーネット社

ISBN978-4-15-031136-0 C0193

本書は活字が大きく読みやすい〈トールサイズ〉です。